빌어먹을, 차가운 심장

허수경 시집

문학동네시인선 002 허수경

빌어먹을, 차가운 심장

시인의 말

심장은 뛰는 것만으로도 인간의 가장 뜨거운 성기가 된다. 그곳에서 가장 아픈 아이들이 태어난다. 그런데 그 심장이 차가워질 때 아이들은 어디로 가서 태어날 별을 찾을까.

아직은 뛰고 있는 차가운 심장을 위하여 아주 오래된 노래를 불러주고 싶었다.

옛 노래들은 뜨겁고 옛 노래들은 비장하고 옛 노래들은 서러워서 냉소적인 모든 세계의 시간을 자연신의 만신전 앞으로 데리고 갈 것 같기에, 좋은 노래는 옛 노래의 영혼이라는 혀를 가지고 있을 것 같기에, 새로 시작된 세기 속에 한사코 떠오르는 얼음벽, 그 앞에 서서 옛적처럼 목이 쉬어가면서도 임을 부르는 곡을 해야겠다 싶었기에, 시경의 시간 속에서 울있던 옛 가수들을 위하여 잘 익어 서러운 술을 올리고 싶었기에.

2010년 겨울

허수경

차례

2부

3부

4부

1부

유전인자 관리하던 실험실도 잠기고
그 안에서 태어나던 늑대들도 잠기고

나의 도시

나의 도시들 물에 잠기고 서울 사천 함양 뉴올리언스 사이공 파리 베를린
나의 도시들 물에 잠기고 우울한 가수들 시엔엔 거꾸로 돌리며 돌아와, 내 군대여, 물에 잠긴 내 도시 구해달라고 울고

그러나 나의 도시들 물에 잠기고 마치 남경 동경 바빌론 아수르 알렉산드리아처럼 울고
도서관에서는 물에 잠긴 책들 침묵하고 전신주에서는 이런 삶이 끝날 것처럼 전기를 송신하던 철마도 이쑤시개처럼 젖어 울고

나의 도시 안에서 가엾은 미래를 건설하던 시인들 울고 그 안에서
직접 간접으로 도시를 사랑했던 무용수들도 울고 울고 울고

젖은 도시 찬란한 국밥의 사랑
쓰레기도 흑빛이었다가 흰빛이었다가 보랏빛 구릿빛 빛 아닌 살갗이었다가
랩도 블루스도 기타도 현도 방망이도 철판도 짐승의 가죽으로 소리 내던 북들도 젖고

유전인자 관리하던 실험실도 잠기고 그 안에서 태어나던

늑대들도 잠기고
나의 도시 나의 도시 울고 그 안에서 그렇게 많은 전병이 나 만두를 빚어내던 이 방의 식당도 젖고
생선국 끓이던 솥도 고기 튀기던 냄비도 젖고 젓가락 숟가락 사이 들락거리던 버스도 택시도 어머니, 연을 끊지요, 라는 내용이 든 편지도 젖고

나의 도시 나의 도시 잠기고 물에 들어가면서도 고무신 하나 남기지 않고
나의 도시 도시의 장벽마다 색소병을 들고 울던 아이들도 젖고

나의 도시 나의 도시 당신도 젖고 매장당한 문장들 들고 있던 사랑의 나날도 젖고
학살이 이루어지던 마당도 폭탄에 소스라치던 몸을 쟁이고 있던 옛 통조림 공장 병원도 젖고
죄 없이 병에 걸린 아이들도 잠기고
정치여, 정치여, 살기 좋은 세상이여, 라고 말하던 사람들 산으로 올라가다 잠기고

물 위에 뜬 건 무의식뿐, 무의식뿐,
건덩거리는 입술을 위로 올리고 죽은 무의식뿐

저녁 직전

집으로 선뜻 들어설 수 없는 마음
강으로 간다
강가에 서서 먼 날을 되돌려
오늘인 듯 내일인 듯
목숨을 걸고 꽃피웠던
어제인 듯 추억한다

우리 그날 비닐우산으로 노을을 가려 쓰고
그 안에서 웃었지?
레이스 달린 양말을 신고 학예회에 나온
우리들의 영혼이
비닐우산 아래 그리고 우산을 감싸 안고 있었던 노을처럼 다사로웠지?
아아, 얼마나 우리는 웃겼니?
삶으로 머리칼을 묶고 죽음으로 손가락을 꼼지락거리다가도 모자라
세기 밑을 흐르고 있는 물 아래 잔돌처럼 힘차게 다시 엎드리고 있자, 했지?
잔잔한 물꽃들을 열어보자, 했지?
그러지 않았니? 연인아,
내 장년의 팔이 너의 존재를 살짝 건드리자
아아, 먼 고양이 소리를 내며 붉게 오므라드는 연인아

어이 어이 하고 바람 온다
거 섰지 말고 여로 오지 하고
바람이 태양에게 말 건다
나의 멍든 작은 피리들아
저 강 안에서
헤엄치는 노래 직전의 것들아
다 보내고도 아직 내 마음에 차 있는
정다운 쓰림아

저녁 오지 않는다
저 멀리서 바람이 태양과 함께
노닥이느라 저녁은 하늘솥에 아직 갇혀 있다
나의 옛 수다스러운 새들아
저 강 안에서
톡 톡 물을 쪼고 있는 시린 부리들아
파드득 날아오르는 저녁 직전의 것들아

여기에서

언어
자연
과거

여기에서 놀았다

놀았다

더러는 햇빛처럼
더러는 빗물처럼

그 사이 사이
그대도 있다가 없다가
그랬다

옷을 다 벗고 욕탕에 들어가기 직전
몸 계곡 들판 등성이 수풀

한때 그대도 여기에 있었으나
그러나 그러지 말아야 한다고 생각한 순간
이 자연은 과거가 되었고

지금 그대 없는 자연은

언어가 되었다

놀았다

더운 물속에 쓰라린 상처처럼
바람 앞에 얼굴을 가리는 새처럼

결국은 아팠다
놀았으므로 지극히 쓰라렸다

추운 여름에 쓰는 편지

그해 여름은 추웠어요
복날인데 아무도 뜨건 탕을 먹으러 가지 않았어요
모여 앉아 울고 있었어요, 아냐 아냐 그건 아냐, 하며 누군가가 미숫가룻물을 목으로 넘기자
기도해 통성해, 하며 누군가가 수박을 두 동강으로 잘랐어요

별들은 구토를 하면서 누런 하늘에 창백하게 박혀 있었어요
닭에게 모이를 주러 양계장 문을 열면 추운 바람에 찬 여름이
슬몃 어깨를 잡곤 했어요

노래 좀 들려줘, 닭들이 외쳤지요, 추워 추워 노래 좀 들려줘
소녀가수가 가로등 밑에 서서 삼 개월 남은 삶에 대해 부르는 노래 좀 들려줘
모이를 주던 손에 고드름이 듣고 닭의 눈을 바라보던 눈에 얼음이 돋아들었어요

한 번도 살해해본 적이 없는 손 그 손으로
울면서 죽은 자를 애도할 것도 같았지요
누가 돌아오고 있었어요

돌아오는 골목에는 자객이 숨어 있었지요, 냄새 나는 양말을 신은 자객이었어요, 추운 여름 동안 양말을 갈아신을 장롱을 잃어버린 한 불쌍한 사내였지요, 돌아오는 누군가에게 칼부림의 선물을 안고 쓰린 위장을 바깥으로 내놓은 자객이었어요

그해 여름은 추웠어요
당신이 그 골목에서 젖은 지전 이천 원을 던져주던 이가 나라는 걸 알아보셨어요?
복날인데 어떤 식당도 뜨건 탕을 끓이지 않던 망국의 저녁을 기억하셨어요?

별들이 구토를 하며 창백하게 하늘에 있어요
아마도 그 별들이 우리 아이들이라는 걸 잊게 하려고 여름은 그해 여름은 그렇게 추웠나봐요
닭은 잊어버리세요
이미 다섯 세대는 지나간 새 세대의 닭들이 양계장의 문을 열면 감은 눈으로 물을 마시는걸요

거짓말의 기록

나, 태어났어
추워, 라고 말하면 정말 추워서 이 세상을 떠도는 모든 먼지들을 모아 옷을 만들어 입고 싶었지
태어났을 뿐이었어, 누군가 나를 자라게 했어

아직 꽃술을 열어보지 못한 꽃들이 성교를 하느라 바쁜 들판에 누워
아직 단 한 번도 새끼를 낳아보지 않은 새들이 지나가는 것을 보며
나비에게도 잠자리에게도 덜 익은 빛을 보여줘, 라고 공기에게 말했던 적도 있었어
나와 자연은 사실혼 관계
법정에서는 서로에 대해 아무 권리가 없다는 걸 늦게사 알았지
나에게 말을 거는 저 암소가 일찍이 나에게 수유를 한 어머니라는 걸
당신이 알았으면 좋겠어

매일 어디론가 사라졌다 다시 나타나는
하늘에 있는 공들에게도 내 수유의 어머니,
그 고깃덩어리가 걸린 정육점을 단 한 번이라도 보여주었으면 했어
공들은 내가 인간이라는 걸 알까? 인간을 수유하는 암소

들을 생산하는
더러운 거리 구석에 있는 도살장을 알까,
저것 봐, 아이가 불어대는 풍선 어떤 포유류의 방광이 하늘로 가서
먼 들판을 은은하게 비추어대는 하늘의 공이 되네

시간을 잘라 만든 혁대를 목에 감고 죽은 테러리스트가 살던 감방 안에서 자라던 작은 백합의 뿌리는 세계를 버티는 나무처럼 테러의 주검을 견뎌내고 있었어
아주 어린 중세가 대륙 저편에서 현대처럼 활개를 치고 있네, 그 말을 듣기 위해 춤을 추러 가는 아이들에게
나, 태어났어, 라고 말해봐, 말해봐
아이들이 당나귀처럼 웃으며 내 얼굴에다 총을 들이댈 거야

피가 솟구치는 숨겨진 샘이 있다거나
죽을 수 없는 인간들이 매일매일 전쟁을 한다거나
그리고 당신이 날 사랑한다거나
그리고 그리고 그 말을 내가 믿는다거나 하는
엄숙하게 웃기는 나날 동안

나, 태어났어
아퍼, 라고 말하면 너무나 아파서 이 세상의 밤을 떠도는

모든 안개를 엮어 붕대를 만들고 싶었지

안개 붕대를 감고 누워 컴컴하게 웃고 있었으면 했어

고구마별

고구마를 구워 먹으며 별도 구워 먹으리라 했어요
70년대 초반
가장 어린 나 가운데 하나가 별 아래에 쪼그리고 앉아 있었어요
위에서 내려다보면 먹다 만 고구마 형상이었어요
아래에서 올려다보면 곰별자리였어요

너의 눈 속에 나는 있다

나는 그렇게 있다 너의 눈 속에
꽃이여, 네가 이 지상을 떠날 때 너를 바라보던 내 눈 속에
너는 있다
다람쥐여, 연인이여 네가 바삐 겨울 양식을 위하여 도심의 찻길을 건너다 차에 치일 때
바라보던 내 눈 안에 경악하던 내 눈 안에
너는 있다

저녁 퇴근길 밀려오던 차 안에서 고래고래 혼자 고함을 치던 너의 입안에서
피던 꽃들이 고개를 낮추고 죽어갈 때
고속도로를 달려가다 달려가다 싣고 가던
얼어붙은 명태들을 다 쏟아내고 나자빠져 있던 대형 화물차의
하늘로 향한 바퀴 속에 명태의 눈 안에
나는 있다

나는 그렇게 있다 미친 듯 타들어가던 도시 주변의 산림 속에
오래된 과거의 마을을 살아가던 내일이면 도살될 돼지의 검은 털 속에
바다를 건너오던 열대과일과 바다 저편에 아직도 푸르고도 너른 잎을 가진

과일의 어미들 그 흔들거리던 혈관 속에
나는 있다 오래된 노래를 흥얼거리며 뻘게를 찾는 바닷가
작은 남자와 그 아이들의 눈 속에 나는 있다 해마다
오는 해일과 홍수 속에 뻘밭과 파괴 속에
검은 물소가 건너가는 수렁 속에

과거에도 내 눈은 그곳에 있었고
과거에도 너의 눈은 내 눈 속에 있어서
우리의 여관인 자연은 우리들의 눈으로
땅 밑에 물 밑에 어두운 등불을 켜두었다
컴컴한 곳에서 아주 작은 빛이 나올 때
너의 눈빛 그 속에 나는 있다
미약한 약속의 생이었다
실핏줄처럼 가는 약속의 등불이었다

산벚을 잃고

너를 잃고 산벚나무에 기대어 울었네
산벚은 더이상 위로가 아니어서 울었네

나뭇잎 사이로 실종되던 노을도
붉은 나비에게서 나던 막걸리 냄새도
더이상 위로가 아니어서 울었네

이 나무 밑에 진탕처럼 흐르는 꽃잎 꽃잎들은 서로에게 서로를 포개면서 엄청난 재앙이 든 양 먼 성교의 편지를 보내는데 너의 머리칼 사이에서 연분홍으로 이겨지던 꽃잎 네 눈 속에 든 빛은 마치 날개처럼 꽃내를 머금고 저편으로 날아가는데 마치 손가락 하나 잘려서 붉은 피가 땅으로 뚝뚝 떨어지듯 말이야 꽃은 지고 산벚나무는 서둘러 서둘러 이름을 잃는데 마지막 자연이 내 속에서 뚝뚝 떨어졌어, 그때, 당신이 벌거벗은 자연이 되어 내 꿈에 젖은 꽃물처럼 나타났지만

더이상 위로가 될 자연의 별은 없었네
더이상 위로가 될 너가 없는 것처럼 울었네
이 지구에는 더이상 당신의 자연이 없어서

너를 잃고 울었네
산벚에게 더 줄 이름이 없어

너를 잃고 울었네

수수께끼

극장을 나와 우리는 밥집으로 갔네
고개를 숙이고 메이는 목으로 밥을 넘겼네
밥집을 나와 우리는 걸었네
서점은 다 문을 닫았고 맥줏집은 사람들로 가득해서 들어갈 수 없었네

안녕, 이제 우리 헤어져
바람처럼 그렇게 없어지자
먼 곳에서 누군가가 북극곰을 도살하고 있는 것 같애

차비 있어?
차비는 없었지
이별은?
이별만 있었네

나는 그 후로 우리 가운데 하나를 다시 만나지 못했네
사랑했던 순간들의 영화와 밥은 기억나는데
그 얼굴은 봄 무순이 잊어버린 눈(雪)처럼
기억나지 않았네

얼음의 벽 속으로 들어와 기억이 집을 짓기 전에 얼른 지워버렸지
뒷모습이 기억나면 얼른 눈 위로 떨어지던 빛처럼 잠을

청했지
다시 자리에서 일어났을 때,

당신이 만년 동안 내 얼굴에 흐르는 눈물을 들여다보고 있었네
내가 만년 동안 당신 얼굴에 흐르는 눈물을 붙들고 있었네
먼 여행 도중에 죽을 수도 있을 거야
나와 당신은 어린 꽃을 단 눈먼 동백처럼 중얼거렸네

노점에 나와 있던 강아지들이 낑낑거리는 세월이었네
폐지를 팔던 노인이 리어카를 끌고 지하도를 건너가고 있는 세월이었네
왜 그때 헤어졌지, 라고 우리는 만년 동안 물었던 것 같네
아직 실감 나지 않는 이별이었으나
이별은 이미 만년 전이었어

그때마다 별을 생각했네
그때마다 아침에 나가서 돌아오지 않았던
다리 밑에 사는 거지를 생각했네
수수께끼였어,
당신이라는 수수께끼, 그 살(肉) 밑에서 얼마나 오랫동안 잊혀진 대륙들은
횟빛 산맥을 어린 안개처럼 안고 잠을 잤을까?

글로벌 블루스 2009

울릉도산 취나물 북해산 조갯살 중국산 들기름
타이산 피쉬소스 알프스에서 온 소금 스페인산 마늘 이태리산 쌀

가스는 러시아에서 오고
취나물 레시피는 모 요리 블로거의 것

독일 냄비에다 독일 밭에서 자란 유채기름을 두르고
완벽한 글로벌의 블루스를 준비한다

글로벌의 밭에서 바다에서 강에서 산에서 온 것들과
취나물 볶아서 잘 차려두고 완벽한 고향을 건설한다

고향을 건설하는 인간의 가장 완벽한 내면을 건설한다
완벽한 내면은 글로벌의 위장으로 내려간다

여기에다 외계의 별 한잔이면 글로벌의 블루스는 시작된다
고향의 입구는 비행장 고향의 신분증은 패스포트

오 년에 한 번 본에 있는 영사관으로 가서 패스포트를 갱신하는

선택이었다 자발적인 유배였으며 자유롭고 우울한

선택의 블루스가 흐르는 세계의 중심부에서 변방까지
불선택의 블루스가 흐르는 삶과 죽음까지

글로벌이라는 새 고향, 블루스를 울어야 하는 것이다

이 가난의 고향에는 우주도 없고 이 가난의 고향에는
지구에 사는 인간의 말을 해독하고 싶은 외계도 없다

다만 블루스가 흐르는 인공위성의 심장을 가진
바람만이 있다 별 한잔만이 글로벌의 위장 안에서 진다

차가운 해가 뜨거운 발을 굴릴 때

문득 나는 한 공원에 들어서는 것이다
도심의 가을 공원에 앉아 있는 것이다
이 저녁에 지는 잎들은 얼마나 가벼운지
한 장의 몸으로 땅 위에 눕고

술병을 들고 앉아 있는 늙은 남자의 얼굴이 술에 짙어져 갈 때
그 옆에 앉아 상처 난 세상의 몸에서 나는 냄새를 맡으며
차가운 해가 뜨거운 발을 굴리는 것을 바라보는 것이다

얼마나 다른 이름으로 나, 오래 살았던가
여기에 없는 나를 그리워하며
지금 나는 땅에 떨어진 잎들을 오지 않아도 좋았을
운명의 손금처럼 들여다보는데

몰랐네
저기 공원 뒤편 수도원에는 침묵만 남은 그림자가 지고
저기 공원 뒤편 병원에는 물기 없는 울음이 수술대에 놓여 있는 것을

몰랐네
이 시간에 문득 해가 차가워지고 그의 발만 뜨거워
지상에 이렇게 지독한 붉은빛이 내리는 것을

수도원 너머 병원 너머에 서서
눈물을 훔치다가 떠나버린 기차표를 찢는
외로운 사람이 당신이라는 것을

나는 몰라서
차가운 해는 뜨거운 발을 굴리고
지상에 내려놓은 붉은 먼지가 내 유목의 상처를
물끄러미 바라보는 동안

술 취해 잠든 늙은 남자를 남기고
나는 가을 공원에서 나오는 것이다

오후

물줄기 더 깊은 땅속으로 들어가고 황무지 하루에도 백리 넘어 커지고 사람들 그 오후에 마침내 집 내주고 찬그릇 몇 개만 챙겨 그곳을 빠져나왔다

지난결혼식때의술은그곳에두었어요

황무지가 자꾸 커지면서 그들을 뒤따라왔다 황무지가 팔을 이따맣게 벌려 성큼 성큼 아이들을 집어먹던 뒷산 거인처럼 울면서 뒤따라왔다

지난가을말려둔시래기도그곳에두었어요

저렇게 자라나는 황무지를 감당할 길 없어 누군가 하늘을 향해 소리치기도 했다 소리는 구멍으로 되돌아왔다 그 구멍으로 제멋대로 내려드는 빛

지난초여름담근양파장아찌는그곳에서앓아요

그 오후 아픈 코끼리의 얼굴을 단 꽃들은 검정콩이 열리는 흙을 삼키다가 이 지상에서 사라져갔다 그때 힘없는 아비들은 빛 가운데 물줄기를 찾기 위해 땅에다 구멍을 뚫었다

지난생일말린굴비는그곳에두었어요누군가갈기갈기저마

른살을찢을때도그곳에두었어요

석유를 찾기 위해 피곤한 사내들이 바닷속으로 철의 손가락을 밀어넣었다 구멍을 뚫어야 지속되던 문명이 있었다고, 우주의 먼 곳에서 우주의 역사를 기록하던 빛이 있었다

콩나물시루도그곳에두었어요어떤콩은썩어서뿌리조차아기처럼젖을보채다잠이들었지만

황무지는 집어삼키다 멈추고 이번에는 아무 인과 없이 이 우주에 흐르는 물기를 집어삼키기 위해
입을 이따만하게 다른 곳으로 벌렸다

(세월이 흘렀어요 우리들 가운데 아무도 살아남지 않았던 미래의 세월, 혹 우리들을 기다리던 과거, 죽탕이던 과거, 살아남고 싶던 기억, 그런 너절한 것들이 우리의 몸속으로 들어와 우리의 유전자를 정의할 과거

이런 생각이 드는 날이면 시커먼 오징어 먹물로 채워진 도서관에서 아무도 모를 몰인정의 생식을 떠올려요 으아 그 극악한 위선의 변기에서 태어난 말들을 온통 진탕인 진탕속으로 집어던져버리고 싶어요)

태양의 세월이었어요 대륙을 가로질러 나르던 새들의 깃털이 제국의 깃발에 손금을 내어주던 세월이었어요

집 한 채 있었어요 그곳 일렁이던 삶의 순간들 황무지로 들어갈 때 작은 손톱 모양으로 피던 봉숭아 황무지로 들어갔지요 술 시래기 장아찌 굴비 콩나물도 같이요 화덕 창호지문 제비집도 그 오후에 사랑하던 연인도 포옹도 포옹의 날개도 황무지가 되었어요 황무지 같은 마음이 황무지여서 지구의 황무지를 바라보는 눈에는 당신이 없어요 다만 황무지의 고요만이 있을 뿐이지요 그 안에서 당신이 뱃속의 신생아처럼 첫 여행을 해요 아, 저 신나는 신생아에게 옛 신이 빚었던 술 한잔 드리고 싶어요

난 존재를 안고 있는 허당이었어요

너는 중얼거렸다 나는 알아듣지 못했다

차 소리가 났다 잎새들이 바깥에서 지고 있었다

너는 중얼거렸다 나는 알아듣지 못했다

난 존재를 안고 있는 허당이었어요

단 한 번도 뿌리와 소통을 해보지 않은 나뭇잎

울 수도 없었다 울기에는 너무 낡은 정열이었다

뿌리에서 떠나 다시 뿌리를 덮어주는 나뭇잎

웃을 수도 없었다 웃기에는 너무 오랜 정열이었다

추운 여름에 받은 편지

지난주까지 이방의 병원에 있었습니다
끼니마다 나오는 야쿠르트를 넘기며 텅 빈 세계뉴스의
눈동자를 들여다보는 나날이었어요
병원 옆에는 강이 하나 있다고 하나
강물은 제 갈 길을 일찌감치 다른 곳으로 돌려 병원 옆 강에는
무성한 풀이 돋고 발 달린 물고기들이 록밴드처럼 울고 있었어요
어제 당신의 편지를 받았습니다
피곤한 눈 대신 귀가 당신의 편지를 읽었어요
아마도 이웃집 기타리스트에게 기타는 빌려온 연인인가 봅니다
빌리는 시간이 그냥 지나쳐버릴까봐
기타리스트는 기타의 심장에다 혀를 가져다 대고 있는데
아버지는 또 군대를 그곳으로 보냈나요
소리 없이 그곳으로 보냈나요
그래서 아이들은 부엌에 앉아 감자 껍질을 벗기며
오래된 동화책에다 물을 주고 있나요
어제는 하릴없이 마흔 살에 죽었다는 철학자의 초상을 들여다보고 있었어요
어제는 하릴없이 스무 살에 죽었다는 시인의 몸에 대한 환상을 읽고 있었어요
까르륵거리며 새들은 학교에서 돌아오고

도르륵거리며 다람쥐들은 철근공사판에서 돌아오는 나날이었지요
울까봐 두려워 잠을 자지 않았어요
꿈이면 언제나 울었거든요

2부

울지 마, 라고 누군가 희망의 말을 하면
웃기지 마, 라고 누군가 침을 뱉었어

옛 가을의 빛

개들은 불안한 고독의 날개를 가진 나비를 쫓아다녔다
저수지에 고인 물의 살 속으로 깊이 침입하던 바람은
수초를 기슭으로 자꾸 보냈고
하여 저수지 기슭에는 붉은 물풀들이 행려거지처럼 누워 있었다

고추가 마르던 집 앞에서 빛은 고독한 매운내를 풍기며 앉아 있었다
가지가 마르던 마당에 보랏빛으로 고여들던 어둠은
할머니가 피우는 담배연기 속으로 들어가 해맑은 죽음의 빛으로 살아났다

병아리가 종종거리는
맨드라미가 붉은 손을 자꾸 흔드는
그 마당에 가만히 앉아서 김칫거리를 다듬던 새댁의 눈 안에 고인 눈물빛

벙어리 소녀는 낡은 거울 앞에서
낡은 결혼예복을 입어보았다
결혼예복 속에는 원앙 두 마리가 낡은 금빛 자수에 안겨 있었다
낡아가는 빛을 보면서 말을 할 줄 모르는 소녀가 수음을 했다

우물에 기대어 먼 빛만 바라보았다
묵직한 우울함이 우물에 가라앉은 빛이 될 때
먼 산숲에 핀 버섯이 가만가만 공기 속으로 돋아났고
흙은 아렸다

얼마나 무료한 나날들이 빛 속에 있는가
그날 죽을 것 같은 무료함이 우리를 살게 했지, 아주 어린 짐승의 눈빛 같은
나날이었다

비행장을 떠나면서

비행장을 떠나면서 나는 울었고 너도 울었지
비행장을 떠나면서 사람들은 커피를 마시며 우울한 신문들을 읽었고
참한 소설 속을 걸어다니며 수음을 했지
사랑이 떠나갔다는 걸 알았을 때 사람들의 가슴에서는 사막이 튀어나왔는데
사막에 저리도 붉은 꽃이 핀다는 건 아무도 몰라서 꽃은 외로웠지

비행장을 떠나면서 사람들은 테러리스트들을 향해 인사를 했고
비행장을 떠나면서 지상에 쌓아놓은 모든 신문들에게 불안한 악수를 청했어
울지 마, 라고 누군가 희망의 말을 하면
웃기지 마, 라고 누군가 침을 뱉었어

21세기의 새들은 대륙을 건너다가 선술집에 들러 한잔 했지
21세기의 모래들은 대륙과 대륙에 새 집을 짓다가 스시집에 들러
차가운 생선의 심장을 먹었어

21세기의 꽃게들은 21세기의 모기들은 21세기의 은행나

무들은

인사를 하지 않는 시간을 위해 오랫동안 제사를 지냈지

21세기의 남자들은 21세기의 여자들은 아이들은 소년과 소녀들은

비행장을 떠나면서 사랑이 오래전에 떠난 사막에 핀 붉은 꽃을 기어이

보지 못했지, 입술을 파르르 떨며 꽃이 질 때

비행장을 떠나면서 우리들은 새 여행에 가슴이 부풀어

헌 여행을 잊어버렸지, 지겨운 연인을 지상의 거리, 어딘가에 세워두고

비행장을 떠나면서 우리들은 슬프면서도 즐거웠지

찬 물새, 오랫동안 잊혀졌던 순간이 하늘에서 툭 떨어지는 것을 본 양

저녁에
물새 하나가 마당으로 떨어졌네

툭,
떨어진 물새 찬 물새
훅,
밀려오는 바람내

많은 바람의 맛을 알고 있는 새의 깃털

사막을 건너본 달 같은 바람의 맛
울 수 없었던 나날을 숨죽여 보냈던 파꽃의 맛
오랫동안 잊혀졌던 순간이 하늘에서 툭 떨어진 것을 본 양
나의 눈썹은 파르르 떨렸네

늦은 저녁이었어
꽃다발을 보내기에도
누군가 죽었다는 편지를 받기에도 너무 늦은 저녁
찬 물새가 툭 하늘에서 떨어지던 그 시간

나는 술 취한 거북처럼 꿈벅거리며
바람내 많이 나는 새를 집어들며 중얼거리네

당신,
나는 너무나 젊은 애인였어
나는 너무나 쓴 어린 열매였어

찬 물새에게 찬 추억에게 찬 발에게
그 앞에 서서 조용히
깊은 저녁의 눈으로 떨어지던 꽃을 집어드는 양 나는 중얼거리네

당신,
우린 너무 젊은 연인이었어
우리는 너무 어린 죽음이었어

그림자의 섬

기적을 원하던 사람들은 끔찍한 그림자를 보기 위해 길을 떠나기도 한다 문득 폭풍이 오고 있는 오후면 그런 생각이 든다

그림자 1 : 당신이 나에게로 왔다 신문을 보여주었다 신문 안에는 양의 뒷다리가 들어 있었다 뒷다리는 아직도 걷고 있는지 피를 흘렸다

그림자 2 : 당신이 다시 나에게로 왔다 귤 검은 귤 나는 전등 밑으로 귤을 가져가보았다 울퉁불퉁한 표면, 달이었다 아니, 도굴꾼이 들끓던 남 이라크에 있는 옛 수메르인들이 살던 도시 우마였다 우마의 옛 이름은 전갈 그 이름은 전갈이 되어 달의 화구 속에서 기어나왔다

그림자 3 : 당신이 다시 왔다 나에게로 오지는 않았다 당신은 창가에 서 있었다 창가에 서 있는 당신의 얼굴 위로 매일 매일 뉴스를 전해주던 여자의 얼굴이 겹쳤다 매일 매일 구십 분 동안 한 운동장을 맴돌기만 하는 늙은 축구 선수의 얼굴이 겹쳤다 피파가 다가올 시즌을 위해 내놓은 새 축구공 같은 당신의 얼굴이었다

그림자 4 :

종이는 마냥 고요하고
마치 종이의 피부 속으로 모든 감각은 해를 뒤로하고 침몰하는 것 같다

종이의 피부
종이의 고요
꿈의 피부

색깔들이 불륜하는 그림 속을 걸어다닌다
음악을 보기 위해 바다 갈매기들이 바위에 앉아 있다
입장권을 지불하지 않아 음악당 바깥에 서 있던 가난한 연인 같았다
언어를 번역하기 위해 저렇게 멀리서 왔던 구름도 있었다
우주의 번역기를 발명하기 위하여 한 세월을
천 세월로 살았던 유령도 있었다

한밤에 갑자기 눈을 뜬다 아주 깊은 잠 속에서 갑자기 눈을 뜰 때
공포가 올 때, 그건 삶이나 죽음이나 그런 것들 앞에서의 공포가 아니었다, 다만 갑자기 미아가 되어버린 느낌이었을 뿐이었다

그건 표현의 괴물, 표현의 독재자였다, 그림자를 끌고 가

는 유사태양이었다

아침에 일어나면 유사태양의 딸 하나가 내 이불에서 오래 울다가 어디로 가버린 것 같다

아름다운 나날

검은 비닐봉지도 사진을 찍어놓으면
꼭 물결치는 바다처럼 보입니다 어떤 영화에서 보았습니다
모래 한 바께쓰를 확대하면
꼭 낙타가 쓰러져 죽어가는 사막처럼 보입니다 역시 어떤 영화에서
보았습니다

아마도
하수구의 녹슨 파이프 속을 찍으면
누군가 잘라낸 제 목을 들고 걷고 있는 대륙처럼 보이지 않을까요?
태어나기도 전에 죽어가는 어린 신부들이 살고 있는 그 대륙처럼요,
영화에서 보았습니다

검은 비닐봉지 바다 위에
교회당이 서고 새로 세워진 교회당 속 고무신을 신고
떡국을 얻어먹으러 다니는 어린 신부들을 보았습니다.

아무도 첫 월경을 축하하지 않았습니다
첫 시험을 치르러 가는 어린 신부들
시험을 치르고 가까운 구리광산 옆에 선 중국루에서

엄마, 나 곧 돈 벌 거야, 라고 어린 신부들은 말합니다

어이, 마누라 아직도 울고 있나, 라고
어린 신랑이 물어보면
여보, 우린 곧 멸망할 거야, 라고
어린 신부는 답합니다

울고 있는 어린 신부의 눈을 확대해서 찍으면
태어나기도 전에 구걸을 하러 다니던 코끼리의 등처럼 보이지는 않을까요?
두터운 피부는 햇빛 아래에서 마르며 갈라졌겠지요
다른 한편으로는
아기 코끼리를 수렁에서 건져내던 어미 코끼리의 등처럼 보이지는 않을까요?
영화에서 보았습니다

영화를 사랑합니다
그 말을 할 때마다 울고 싶어요
사용기간이 지난 약을 그 대륙에 팔러 나선 유럽의 약장수처럼
검은 비닐 바다를 통과해서 사막 바께쓰 속을 지프차로 건너가던
학살자의 검은 안경처럼

울고 싶어요, 그 말을 할 때마다 영화가 보고 싶어요

누군가 우리를 수탈했어, 라고 그곳 인권운동가가 인터뷰를 하면
누군가가 누구인가를 자꾸 묻고 있는 영화가 있었습니다
그 영화 안에 앉아 비닐봉지 바다나 바께쓰 사막을 봅니다
울고 싶어요
아름다운 나날입니다

흑해 옆 호텔

흑해 옆 호텔 바람이 왔네
바람이 바다에서 넘쳐나와 호텔로 왔네
검은 두건을 두른 도둑 떼 같은 물결을 피해
바람이 호텔 식당의 창을 붙잡고는
마치 작은 아가처럼 매달려 있었네

접시 위에는 무엇이 있었던가
군 바다 반 마리
위장 안에는 무엇이 있었던가
군 바다 반 마리

흑해가 넘치고 난 뒤 그렇게 많은 신의 기억들이
바다에서 넘쳐나온 것처럼
그 기억들은 쫓기는 자가 되어
호텔 식당의 창을 붙잡고 있었네

신에 대한 기억들이 쫓기는 자와 같다니
바다 어둠이 저렇게 그들을 후려쳐
호텔까지 나오게 하다니
나그네가 자는 호텔로 들어온 기억 안에서
사무쳐 어른거리는 어린 아가 냄새

호텔 너머에는 군인들이

해풍에 밀려간 노인들을 건지기 위해
검은 배를 바다로 부리고 있었네
흑해 옆 마을에서 태어나
도시로 일하러 갔다가 늙은 아이들이라고 했네
흑해의 몸속으로 제 몸을 넣으며
아마도 아이들은 도시에서의 버릇대로
살아버리려고 한 건 아닐까
사랑하려고 한 건 아닐까

고향을 떠나지 못해 군인이 된 이들은
천식 기침을 하며 아이들을 건지러
바다로 갔네
흑해 옆 호텔
접시 안에 든 군 바다 반 마리
지상과 바다를 연결하는 첩자 같은 기억들이
잘 익은 젖 냄새를 풍기는 아가처럼
호텔 창에 매달려 있었네

열린 전철문으로 들어간 너는 누구인가

네가 들어갈 때 나는 나오고 나는 도시로 들어오고 너는 도시에서 나간다
너는 누구인가 내가 나올 때 들어가는 내가 들어올 때 나가는 너는 누구인가

우리는 그 도시에서 태어났지, 모든 도시의 어머니라는 그 도시에서 도시의 역전 앞에서 나는 태어났는데 너는 그때 죽었지 나는 자랐는데 너는 먼지가 되어 도시의 강변을 떠돌았지 그리고 그날이었어 전철문이 열리면서 네가 나오잖아 날 바라보지도 않고

나는 전철문을 나서면서 묻는다, 너는 누구인가 한 번도 보지 못한 너는 누구인가 너는 산청역의 코스모스 너는 바빌론의 커다란 성 앞에서 예멘에서 온 향을 팔던 외눈박이 할배 너는 중세의 젖국을 파는 소래포구였고 너는 말을 몰면서 아이를 유괴하던 마왕이었고 너는 오목눈이였고 너는 근대 식민지의 섬에서 이제 막 산체스라는 이름을 받던 잉카의 한 아이였고 너는 인사동 골목의 식당에서 연탄불에 구워져나오던 황태였고 너는 나에게 멸치를 국제우편 소포로 보내주던 현숙이었지

나는 전철문을 나서면서 대답한다 나는 고대 왕무덤에서 나온 토기였다가 그 토기의 입이었다가 텅 빈 세월이었다

가 구겨진 음란 소설 속에 등장하는 창녀의 방 창문에 걸린 커튼이었지 은행 금고 안에 든 전쟁이었다가 아프가니스탄 고원에 핀 양귀비였다가 나는 실향민 수용소의 식당에서 공급해주던 수프였다가 나는 빚으로 들어가는 입구에서 언제나 서 있기만 했던 시였지 그리고 일용 노동자로 눈 덮인 거리를 헤매던 나의 혈육이었어 저 멀리 용산참사의 시체가 떠내려가던 어떤 밤에 아무런 대항할 말을 찾지 못해서 울던 소경이었어

포도송이였어 그 들판에서 자라던 자줏빛 도라지꽃이었어 그래 아직도 살쾡이였어 도시의 검은 밤에 길을 건너던 산돼지였어 먼 사랑이었고 사랑의 그늘이었지 도시 골목의 어느 카페에서 마시던 유자차였고 그리고 웃으면서 헤어지던 옛 노래였지 나는 너에게 묻는다

너는 누구인가, 닫히는 전철문 앞에 서서 먼 구멍으로 들어가던 내가 사랑하던 너는 누구인가

기차가 들어오는 걸 물끄러미 지켜보던 11월

집시들은 아직 떠나지 않았고
텐트 바깥에 걸어놓은 빨래가 안개에 젖는데
기차는 들어오고

다리를 다친 새는 날아가지 못한다
두 손 안에 다친 새를 넣고
기차가 들어오는 걸 물끄러미 지켜보던 11월

이 철길에 며칠 전에 아주 젊은 청년이 몸을 던졌다 아내와 딸이 있는 청년이었다 기차를 몰고 가던 사람은 마치 커다란 검은 새가 창에 부딪힌 것 같았다고 울었다 기차가 길게 지나가는 길에는 우울증에 걸린 고양이와 개, 산돼지와 청년 실업자와 창녀와 단 한 번도 해외여행을 해보지 못한 가장이 있었지 그들의 영혼이 이렇게 안개의 옷을 입고 조용히 조용히 한 번도 추어보지 못한 춤을 추는 것 같은 11월의 오후 마지막 순간에 텅 빈 항아리를 보는 것 같은 깊고도 깊은 검은 겨울을 바라보는 것 같은 11월의 오후

집시들은 아직 머물러 있고
새는 손 안에서 따뜻한데
빨래는 흐느끼며 11월의 안개, 젖은 머리칼을 쓰다듬는다

안개의 공기 속에서는 땅에서 썩고 있는 사과 냄새가 나고

새가 파닥이는데 기차는 떠나는데
어서 집으로 가야 한다, 새를 치료하러
작은 종소리가 나오는 은은한 심장을 치료하러

오래전에 잊은 이의 눈썹

푸른 안개의 품 안에 배나무가 떨고 있다오
가지에는 아직 땅에 떨어지지 않은 배 하나가 달려 있다오

안개가 걷히면서 바람 부는데
농익은 배 향기는 은은하게 울려온다오

종소리를 듣는 것 같아
배나무의 영혼은 먼 소리처럼 떤다오

오래전에 잊은 어떤 이의
눈썹 같은 게 차올라왔다오

식물과 동물이 탄생하던 진화의 거대한 들판, 나라는 것을 결정하던 의지는 어디에 있었던가?

나의 어머니는 꼬치구이였다. 어머니의 육체 한 부위는 꼬치였고 다른 부위는 갈비였으며 간과 염통과 내장 역시 구이거나 볶음이었다. 그녀의 털과 가죽은 인간의 시린 등이나 목과 발을 덥혀주었다.

그리고…… 말하자면 (내 이빨 사이로 지나가는 드문드문한 증오를 당신은 보셨는가? 초식동물의 이빨 사이에는 식물의 애도만이 있다, 바람은 식물들 사이를 일렁이다가 내 이빨을 통과하고 위장으로 들어온다. 바람아, 내 핏속에서 식물들의 목소리가 들린다면) 나는 양이다.

어머니의 네 개의 위는 개의 먹이였다.

나는 언제나 어머니가 다른 산에 있거니 했다. 여기처럼 여름이면 건조한 곳이 아닌 조금은 숨쉬기가 나은 곳. 여기처럼 겨울이면 춥고 습하지 않은 곳. 마당에 켜놓은 텔레비전에서 보았던 메리노양들이 수천 마리씩 떼를 지어 산다는 신대륙의 협곡 들판, 혹은 산과 산 사이에 갑자기 펼쳐지는 평평한 푸른 계곡. 어쩌면 카리부들이 사는 유콘 강가.

어머니가 어디에 있는지 물으면 다들 그렇게 말했다.

나를 위로하기 위해서 그렇게 말했을 것이다. 양의 습성

가운데 하나다.

무리를 이루며 사는 우리들은 무엇보다 무리에 속한 이들의 안녕에 대해서 관심을 갖는다. 살아남기 위한 미덕. 흩어지면 육식동물의 표적이 되므로 우리라는 종이 이 지상에 태어나던 처음부터 배려라는 미덕을 우리는 본능처럼 갖는다. 그 본능은 인간이 우리를 사육화했던 역사 속에서도 변하지 않았다. 미덕으로 나를 보호하려들지 말라, 나의 무리여. 어머니는 꼬치로 구워졌다. 머리와 살을 발겨낸 뼈는 국솥에 들어갔을 것이다. 이제 나는 안다, 내 어머니는 어떤 풀밭에도 어떤 산악에도 없다는 것을. 국솥에 든 어머니의 머리에 달린 눈은 무엇을 보고 있었을까?

무서워라, 뜨거운 국솥에 들어가 있으면 눈은 무엇을 보게 될까? 보지 못하는 눈은 눈의 형체만을 남긴 채 단백질이나 무기질이나 하는 이름으로 불리게 될까?

나의 조상은 아주 오래된 양 종류에 속하는 카라쿨양이었다. 카라쿨양은 기름꼬리양 혹은 넓은꼬리양으로도 불렸다.

오비스 아리에스(Ovis Aries). 가축화된 우리들의 학명이다.

인간이 지어준 학명은 우리의 존재를 그들의 빈약한 심장 속에 가두어버린다. 하지만 그들이 우리를 산악양이라 부르든 혹은 카라쿨, 오비스 아리에스라고 부르든 우리는 우리일 뿐.

그러나,

산악을 누비던 오비스 아리에스의 조상. 그 원모습은 얼마나 나에게 남아 있을까? 가축화되던 수천 년의 세월 동안 우리들은 인간들의 필요에 의해 교배되고 또 교배되었다. 인간은 우리를 지워서 인간의 양인 우리를 만들었다. 지금, 우리는 고기와 털을 얻기 위해 개량된 카라쿨이다.

나는 어미의 세번째 새끼였다. 세번째 새끼인 나는 페르시안 가죽털을 인간에게 주기 위해 태어나자마자 이 지상을 떠날 운명이었다.

그러나,

나는 살아남았다. 나에게 젖을 준 인간의 어미 덕분이었다. 내가 태어나기도 전에 내 육체의 어머니는 나를 자궁에 품고 살해당했다.

나는 인간의 나이로 따지면 두 살, 양의 나이로 따지면 곧 아기를 낳을 수 있는 나이. 그것이 내 육체의 시간이다.

내 육체의 어미가 걸었던 길을 나도 가게 될 것이다. 양을 낳고 그리고 또 낳다가 언젠가는 죽게 될 것이다. 내 육체도 인간의 먹이가 될 것이고 어쩌면 이곳에서 조금은 멀리 떨어진 마을에 사는 인간들의 먹이가 되기 위해 냉동육으로 바다를 건너가게 될지도 모르겠다. 냉동육으로 바다를 건너가면서 비닐에 싸인 내 몸은 식품화되지 않은 수많은 생물이 사는 바다를 건너가게 될 것이다.

밤이다.

겨울 바위산에서 일어난 바람은 산기슭에 엎드리고 있는 이 마을의 작은 골목을 누빈다. 바람은 마치 작은 얼음 가루를 품은 양 설기설기 나무로 이운 문 옆에 앉은 나를 찌른다. 겨울 가뭄이 계속되더니 어제부터 눈이 왔다. 겨울의 마른 공기는 눈의 물기를 한껏 마시고는 촉촉해졌다. 눈 냄새는 하얀 안개처럼 산을 감싸고 있다. 내 코 안으로도 안개 냄새는 들어온다. 마른 풀 같기도 하고 가시가 많은 들찔레의 쓴 열매 같기도 하고 아니면 독수리가 날아오르다 떨어뜨린 깃에서 나는 냄새 같기도 하다. 다시 눈을 감고 곰곰이 생각해보면 그 냄새는 당나귀 똥에서 나는 덜 삭혀진 짚 냄새 같기도 하다. 여름 내내 산기슭을 오르내리락하던 생물들이 떨구고 간 모든 것은 잘 재워져서 산에 자물려 있다가 이제 눈에 씻기어 안개처럼 피어올라서는 산을 내려오는 것이다.

마을로 들어온 냄새는 내 집의 문설기 사이로 기댄다.

엎드려 소금돌을 핥는다.

혀의 돌기가 까칠한 돌에 닿을 양이면 나는 한 번 머리를 부르르 떤다. 바깥에는 얼음 가루를 품은 바람이 날카로운 휘파람을 분다. 내일도 눈은 올 것이다. 이 바람이 구름을 몰고 오는 것이다. 구름은 바위산에 며칠 머물며 제 가벼운 몸을 비워내고는 사라질 것이다. 구름이라는 존재의 본성은 사라지는 것이다. 그리고 다시 생기는 것이다. 나는 그 가벼웁고도 명랑한 존재가 부럽다. 부드러우나 때로는 험악한 구름의 임신 말기에 미치도록 내리는 검은 비가 무섭다. 구름의 아이이기는 하나 어머니인 구름과는 아무런 혈연의 보증을 가지지 않는 검은 비가 부럽고도 무섭다. 그 의지는 이해되지 않기에…… 나는 눈을 감고 먼 시간의 바람 냄새를 맡는다. 누구에게도 속하지 않았던 인간의 역사 이전의 바람 앞에서 나는 야생양의 먼 냄새를 맡는다.

이 밤, 나 혼자 깨어 있다. 다들 잠이 들었다. 오늘, 많은 일들이 있었고 다들 지쳤다. 나 역시 지쳤다. 하나 생각 많은 날이면 피곤은 말미잘의 몸을 하고 신경에 가서 오그리고 붙는다. 이 피곤은 나를 불면으로 이끌 것이다.

어머니를 떠올린다. 내 육체의 어머니. 어머니와 나의 관계는 내가 태어나던 그날로 끊어졌으므로 나는 어머니에 대한 아무런 기억이 없다.

내가 나의 어머니라고 생각했던 여인은 인간의 여자였다. 그녀는 제 젖꼭지를 나에게 내밀었다. 아이가 태어나자마자 죽었던 불우한 인간의 어미였다. 오늘 내 육체의 어머니를 내가 떠올리는 이유는 아이를 낳기 전에 도살을 당한 어떤 양 때문이다. 내 벗이기도 했던 그녀의 죽음이 나를 어머니 생각으로 들게 한 것이다.

아기의 연하고도 부드러운 가죽털을 얻기 위하여 인간들은 이제 수태 시기가 임박한 어미를 죽여 그 자궁에서 아기를 끄집어낸다. 그 아기의 털가죽을 벗긴다. 그 털가죽은 페르시안이라고 불리우는 고급 가죽이 된다. 검은 아기 털가죽. 아직 양수가 묻어 촉촉한 그 가죽. 그 가죽을 위하여 어미와 아기는 도살되는 것이다. 그녀는 올겨울에 제일 처음으로 도살당한 양이었다. 그녀의 뒤를 따라 수태일이 임박해오는 암양들은 이 집을 나가서는 다시 돌아오지 않을 것이다.

우리들은 그녀의 뼈와 살, 마늘을 많이 넣고 끓인 국 냄새를 맡을지도 모르겠다.

오늘 먼동이 틀 무렵 우리는 비명을 들었다.

그 소리는 날카로운 고드름 가위가 되어 바람을 오려대고 있었다. 폭력에 대해서 아무런 항거도 할 수 없는 한 포유류가 질러대는 소리였다.

그 소리는 겨울 바위산을 향하여 가고 있었다.

그 산 작은 풀밭에서 봄과 여름, 가을을 났던 채식하는 포유류는 이제 목으로 들어오는, 그리고 정확히 자궁 근처를 지나가는 날카로운 칼을 받는다.

뱃속에 든 아가는 더운 숨을 품어내며 이 지상으로 나와서는 컴컴한 어둠 속에서 젖꼭지를 찾을 것이다. 그러나 아기는 젖꼭지를 찾기도 전에, 그리고 단 한 번도 젖꼭지를 물어보기도 전에 한 생명이었다는 본능적인 원기억만을 지니고 죽는다.

그날도 여느 날과 마찬가지로 우리는 집에 있었다. 마른 짚풀이 식사로 주어졌고 우리는 그 풀을 넘겼고 첫째 위를 둘째 위를 통과한 반쯤 소화된 풀을 세번째 위로 보내기 위해 되새김질을 했다. 다들, 아무 말없이 먹기만 했고 물이 오면 마시기만 했다. 먹는 것 외에 할 수 있는 일은 잠을 자는 것이었으나 도통 잠은 오지 않았다. 잠을 자기에는 그 비명이 너무나 날카로와 언제나 부리를 날카롭게 세운 수리처럼 우리의 꿈으로 들어와 눈동자를 그렇게 하릴없이 재빨리 움직이게 할 터였다.

젖꼭지가 불거지고 뱃가죽이 땡땡해지면서 그녀는 꿈적도 않고 그 자리에 서 있기만 했다.

우리는 다들 곧 시기가 임박해왔다는 것을 알아차렸다.

그리고 그 시간은 왔고

그녀는 이 집을 나갔다.

뒷다리로 몇 번 앙버티면서 나가지 않으려고 앞다리를 힘없이 허공을 향해 치켜들며.

그리고 뱃속에 든 아이 때문에 치켜든 앞다리가 너무나 무거워 쓰러지며. 그리고 그 앞다리는 인간의 손에 붙잡히고 그녀는 이 집을 나갔다.

아마도 내 어미도 그랬을 것이다.

나는 148일 동안 어미의 자궁 안에 들어 있었다. 두 겹의 막으로 둘러싸인 자궁 안에서 첫번째 두 달 동안은 아주 천천히, 그다음 두 달 동안도 아주 천천히, 그러다가 마지막 두 달 동안 나는 자라고 자라났다.

두 앞다리를 어미의 질 쪽으로 향하게 하고는 머리는 두 앞다리에 묻고 뒷다리는 자궁의 가장 안쪽 곡선에다 기대고는 기다렸다.

그 안에서 내가 발생하는 동안 나는 어떤 꿈을 꾸었는지 기억이 나지 않는다. 혹은 어떤 발생과정을 지나고 있었는지 기억이 나지 않는다. 내가 겪었던 진화의 역사는 나의 유전자들이 기억을 할 뿐.

나는 기억하지 못한다.

유전자들은 내 의지와는 상관없이 나라는 생물의 발생을 전담한다.

혈관과 기관을 만들고 신경과 근육을 만든다.

나를 소나 염소나 늑대가 아니라 양으로 만든 것은 무엇이었을까?

원시 수프(primordial soup) 속에서 생명이 생겨나고 그 생명들이 다양하게 진화하고 식물과 동물이 탄생하던 진화의 거대한 들판을 통과하는 동안 나라는 것을 결정하던 의지는 어디에 있었던 것일까? 나의 탄생에 대해서 나는 아무런 의지가 없다. 다만 나는 양이다.

어두웠다. 여명이 아주 가까울 무렵 어둠은 따뜻하다.

그 무렵 탄생을 한 나는 그 어둠을 기억한다.

아주 따스한 어둠.

나는 젖어 있었다. 거친 무엇이 몸을 둘러싸고 있던 진액을 닦아내고 있었다. 아마도 그 일은 어미의 혀가 해야 하는 일이었을 것이다. 부드러운 돌기가 많은 혀가 부드럽게 그 액을 거두어야 했는데 내가 느낀 것은 혀의 감촉이 아니라 무슨 털뭉치 같은 거였다. 피부가 아려왔다. 어미는 어디로 간 것일까? 막 태어난 나를 두고 어미는 어디로 간 것일까?

그때 누군가가 날 들어올렸다. 그리고 젖꼭지를 내밀었다. 젖꼭지도 어둠처럼 따뜻했다. 나는 좀전의 통증을 금세 잊고 막무가내로 그 젖꼭지를 내 입안으로 집어넣었다. 혀와 아직 이빨이 나지 않은 잇몸이 따뜻함을 먼저 알아보았다. 태어나서 아직 아무것도 먹어본 적이 없는 내 위는 온 힘을 다하여 나에게 신호를 보냈다.

먹자, 먹자. 나는 있는 힘을 다하여 그 젖꼭지를 빨기 시작했다.

젖은 내 목을 타고 첫 위로 내려가 둘째 위를 타고 잠시 머물다가 다시 세번째 위로 들어가서는 오래 쉬었다. 네번째 위는 그 젖을 이제 다 소화시켜 내장과 혈관으로 보낼 것이다. 천천히, 천천히, 라고 누군가 말했다. 천천히, 천천히. 그러나 갓 태어난 나의 위장은 그 인간의 말을 듣지 않았다. 배고픔의 말만 들었다. 아직 아직은 아니다, 조금, 조금 더. 위장은 꽉 차고 나면 더이상 나에게 말을 걸지 않을 터. 막무가내로 매달려 있는 나를 인간의 어미는 내려놓지 않았다.

그래, 그래, 태어나자마자 어미를 잃었으니 얼마나 배가 고플 거나, 그래 그래…… 어둠을 뚫고 햇살이 들어올 때 나는 갑자기 나른해졌고 그 젖꼭지를 놓았다. 잠이 들었다.

잠에서 깨어났을 때 나는 아, 어미에게로 돌아왔구나, 싶었다. 나는 어미를 핥았다. 어디 갔다가 이제야 왔어요. 그리고 젖꼭지를 찾았다. 문득, 어미가 차갑다는 느낌이 들었다. 갑자기 누군가가 다시 나를 들어올렸다. 그리고 금방 나는 따스한 젖꼭지를 찾아내었다. 그래, 그래, 젖 먹을 시간이다. 얼른얼른 먹자, 먹고 얼른얼른 자라야지. 나는 그 둥근 무덤에 머리를 파묻고 다시 젖을 찾았다. 손이 젖을 먹는 내 머리를 쓰다듬고 있었다.

이렇게 고와라, 그러니 그렇게 사람들이 찾지. 여기다가 파란나무* 빛깔이라도 입혀봐라, 얼마나 좋은 냄새가 날 것

주) * 파란나무(Blauholz, Logwood) : 양가죽에 물을 들이기 위해 쓰이는 나무 이름.

이냐. 가여운 녀석. 이런 좋은 가죽털을 타고나니 어미도 죽고 지도 죽을 팔자……

아직 눈을 뜨지 못할 때였다. 젖이 나오는 망울에서는 좋은 냄새가 났다. 지금 생각해보면 그 냄새는 마른 짚단에서 나던 가벼운 냄새가 아니었다. 어쩌면 그 냄새는 내가 그렇게 싫어하는 거위 똥에서 나는 무겁고도 어두운 냄새 같은 거였다. 거위가 지나가는 길 위에 있는 약초나 풀을 먹는 양은 없다. 그런데 그런 무거운 냄새가 나는 젖꼭지를 향해 눈먼 식욕은 달려가고 있었던 것이다. 아주 시간이 흐르고 난 뒤에도 다들 피하는 거위 똥을 발견하면 그 자리에 멈추어 서서 바라보곤 했다.

거위 똥, 그 무겁고도 안전한 냄새.

다른 이들은 그런 나를 보면서 인간의 젖으로 자라서 그렇다고 했다. 그리고 위험하다고 일러주었다. 피해 가야 할 것은 반드시 피해 가라, 고 무리는 나에게 가르쳐주었다. 하지만 나에게 선택의 여지는 있었는가? 나에게 젖을 준 인간의 어미 역시 자신의 냄새를 선택할 수는 없을 것이다.

먹고 자고 먹고 또 자는 시간들이 계속되었다. 잠깐잠깐 잠에서 깨어나면 인간의 어미는 기다렸다는 듯 나를 들어올렸고 나는 기다렸다는 듯 젖을 빨았다.

겨울 우기였다. 햇빛은 아주 잠깐 나왔다가 다시 사라졌다. 비와 눈이 왔다. 습기가 목을 압박할 때도 있었다. 그리고 어느 날 나는 눈을 떴다. 순간 칼이 이마에 꽂히는 느낌을 받았다. 처음 눈을 뜨는 그 순간, 나는 어떤 눈빛과 마주쳤던 것이다. 그 눈빛은 나를 얼어붙게 만들었고 아직 기운이 오르지 않은 다리에다 긴장을 불어넣었다.

불 한가운데로 들어가는 느낌.

나는 꼼짝하지 않고 오그리고 있었다. 다시 눈을 감았으나 눈을 감고서도 나는 감지할 수 있었다. 그 불 한가운데 같은 눈이 날 바라보고 있다는 것을. 우기인데도 햇빛은 인간과 양과 그밖의 포유류와 가금류와 곤충과 파충류와 식물과 바이러스가 살고 있는 마을을 그렇게 잠깐 비추었다.

마치 마지막 분초를 알리고 있는 모래시계처럼 느리고 느린가 하더니 그렇게 빨리 스러지는 순간마다 햇빛은 들어왔다.

그렇게 사납게 바라보지 마라, 아직 작은 놈이잖어, 어미가 그 눈빛을 어르고 있었다. 어미의 목소리를 듣고 나는 다시 조심스럽게 눈을 떴다. 어미는 그 눈빛의 옆에 쪼

그리고 앉아 목덜미를 쓰다듬고 있었다. 어미 없이 자라는 녀석이다, 그렇게 째려보지 말어. 눈빛은 아래로 떨구어졌고 앞다리를 앞으로 뻗고 눈빛의 임자는 어미 옆에 얌전히 엎드렸다.

개였다. 개라는 냄새를 나는 맡았던 것이다.

이 불면의 밤에 그 눈빛에서 나던 냄새를 떠올린다.

얼마나 많은 순간, 그 눈빛, 혹은 그 냄새 앞에서 나는 겁에 질려 꼼짝도 하지 못한 채 그 자리에 서 있었는가. 그리고 수수께끼는 어미였다. 어미는 나에게 젖을 준 어미이기도 하지만 개의 주인이기도 했다. 그녀가 개의 주인이고 개는 언제나 어미 곁을 어슬렁거린다는 것을 알면서부터 나는 내 탄생에 내재된 공포를 알아차렸다.

바람, 얼음눈, 밤은 나의 것이다.

소금돌을 핥으며 공포에 대해서 생각한다. 나의 공포는 내가 탄생했다는 데 있었다. 그리고 죽음? 공포의 허망한 건기를 지나며 찾아올 죽음. 이렇게 내 위에 따스한 젖을 부어주던 어미의 동종은 내 위를 저 눈빛을 가진 개에게 던져줄 것이다. 마치 내 어미의 위처럼.

그러나 아직 당신이 오지 않았는데 고생의 한 남자가

내 방으로 들어와 나에게 너는 못생겼으니 참 다행이라고 말할 때, 그러므로 우리들 사이에 성교는 가능하지 않아서 우리에게는 자손이 없을 것이라고 말할 때

꽃이 아니라 개량된 잔디에 속하는 식물의 씨앗이 이 지구의 땅(바다는 빼고)에 가장 넓은 경작지를 확보할 것이라고 말할 때

예술로 가는 길에 있는 수많은 무덤에 연인이 드러누워 있을 거라고 생각하면 바보라고 말할 때 예술은 사냥과 추위에서 나왔으며 결국은 겁과 어둠 속에서 질식할 거라고 말할 때

타악기를 들고 영혼을 질타하는 장고잽이나 고등어로 김치를 조리던 어두운 어머니나 사실 필요한 건 진짜 미움이었어, 라고 그 남자가 말할 때

당신은 교회에 붙잡혀서 연단에 붙잡혀서 아직 화형을 당하지 못해서 돌아오지 못하는데 거리에서 깃발을 태우고 고함을 치다가 붙잡혀가느라 돌아오지 못하는데

아직 당신은 사나운 로커들의 오토바이를 타고 떠났다 돌아오지 않는데 푸줏간에서 생고기에다가 붉은 음악 한 점

지지느라 돌아오지 않는데 신화의 얼굴을 한 낡은 영화간판은 비에 젖는데 떠나라고, 떠나라고 내가 고생의 남자에게 말할 때

아직 야만은 시작되지도 않은 거라고 그가 말할 때 그 수많은 야만보다 오래전에 화석이 된 야만이 더 무서우냐고 물을 때

슬픔의 난민

가녀린 손가락을 가진 별 같은 독서의 시절은 왔다 세계를 읽다보면 이건 슬픔으로 가득 찬 배고픔으로 억울한 난민의 역사 같아서 빛 속에서 나던 냄새를 맡으며 세계를 여행하는 저 어린 새들에게 아버지 아버지 날 버리세요 하면서 나는 눈을 감았다

아직 죽지 않은 신들 가운데 제일로 다정하던 노을이라는 신이 나에게 달력을 내밀었을 때 달력에는 술잔만 가득했고 아프리카를 떠나서 막 유럽의 해변으로 들어오던 작은 배의 난간을 붙들고 어떤 남자가 살려달라고 살려달라고 데리고 가달라고 가달라고 울부짖었다

저 지중해에 비명이 없었다면 대륙의 살갗에 거친 몸을 들이대는 배들은 아마도 지중해에서 영혼을 팔았을 터, 저 남해에 소금처럼 아스라하게 널려 있는 섬이 없었다면 우리는 울음을 몰랐을 것이라는 생각을 하는데

슬픔은 언제나 가늘게 떨린다 늙은 슬픔만큼이나 가늘게 떨면서 삭아내리는 것도 없다 아주 젊은 슬픔은 격렬하나 가늘게 떨리면서 새벽에 엎드려 있다가 해가 나오면 말라 죽는다 아주 오랫동안 슬픔은 가을의 바다 장미처럼 오랫동안 말라가는 하늘 아래 서 있다 팔랑거리는 잠자리의 날개가 가늘게 공기의 핏줄을 건드리고 갈 때 지는 장미의 그늘

아래 그렇게 조금은 나이가 더 든 슬픔이 쪼그려 있다가 밥하러 들어갔다 남자의 비명이 아프리카에서 넘어들어왔다 해맑은 밥에 따뜻한 눈물 한 방울 어려 있다 누군가 나에게 건네주는 난민의 일기장 같다

울음으로 가득 찬 그림자였어요, 다리를 절던 까마귀가 풍장되던 검은 거울이었어요 (혹은 잠을 위한 속삭임)

어쩌면 춤은 새의 다리에서 나온 것인지도 모르겠어요, 심리학자의 병도 어쩌면 나비의 심장에서 나온 것일지도 몰라요, 제 고향 바닷가에 있는 암벽에는 공룡의 발자국이 있지요, 새 발자국처럼 아련했어요, 시간이 그렇게 만들었나 봐요, 아직 잠이 깨지 않은 새벽이면 먼 나라에서 새들이 날아오는 소리가 들려요, 마치 아주 어린 당신이 나를 마중 나오는 것 같아요

가슴에 꽉 찬 이 물은 해류처럼 자꾸 움직여요, 대륙보다 물이 더 많은 지구를 내 몸은 닮아가는 것 같아요, 차가운 물이 혈관을 지나갈 때마다 짐승들은 죽어가고 뜨거운 물이 지나갈 때는 식물들이 죽어가는데 속수무책으로 내 몸은 별로 향해 가고 있어요, 보금자리를 찾지 못한 성교처럼 차가운 물과 뜨거운 물은 흐느끼지요, 마치 버스를 타고 교외로 나갈 때 정류장으로부터 따라오던 검은 비 같아요

저 마른 풀에도 보랏빛 꽃이 피었어요, 잎과 줄기가 말라가는데도 들양귀비꽃이 붉게 웃고 있어요, 불안한 저녁에도 밤은 왔구요, 어둠이 오자 꽃술처럼 떨리던 가녀린 불안은 사라졌지요, 다리를 오그리고 잠 속으로 들어가는 활짝 핀 꽃처럼요, 빛이 오기 전까지 오므린 다리 속으로 꽃술을 가난하게 보호하는 꽃처럼요

밤이 이렇게 일찍 올 때 내 속에서 자꾸 죽자고 소리 지르는 당신은 누구인지, 거리에서는 축복받지 못한 탄생에 대한 노래만 흘러나오고, 저 대양 위에는 흰 이처럼 번득이는 눈이 내리고 아직 목숨이 없는 아기의 얼굴을 한밤이 흘러가요, 빛을 잃어서 헐거운 나무들은 해안에 서서 밀려오는 물결을 향해 젖은 손을 자꾸 내미는데

여관에 누워 나는 아직 잃어버리지 않은 사랑을 생각했어요, 잃어버리고도 그렇게 오랜 시간이 지났는데 아직도 잃어버리지 않은 사랑에 대하여, 그 오렌지와 레몬의 세월, 자두와 수박의 세월, 검고도 붉은 과육의 세월, 그 뱀 같은 땀의 세월에 대하여, 지 푸르른 심장의 나날들 그리고

날 보내지 말라고, 날 비행장에 두고 부두에 두고 터미널에 두고 도시 속으로 사라지지 말라고 날 여기에 두고 실종되지 말라고 문자를 보냈어요…… 별의 시간이 사마귀처럼 돋아나는 발가락을 물끄러미 바라보다가 발효 시절 동안 내가 뭉갠 건, 나의 몸이요, 내 몸은 새로운 냄새를 풍겼어요, 아직 오지 않은 미래의 냄새를 향해 당신, 아직 어설픈 상처를 드러내본 적 있어요?

다만 청국장 끓이는 냄새를 맡으면 길고 긴 죽음의 잠 속에서 실종되어버린 곰 생각이 왜 날까요, 오래전에 한 밥집

에서 청국장을 먹었을 때 김 속, 긴 잠 속에 빠져 있던 곰이 나타난 적이 있었어요. 그 곰을 잡아먹은 어미들이 곰의 가죽을 걸치고 우는 것을 보았지요. 먹어치운 곰의 살을 뱃속에 담고 말이에요 그런데,

시간이 지나가요. 시간이 시간이 아직 아무것도 아닌 시간이 태어나서는 사라져요

고래의 가장 가녀린 실핏줄 속에까지 만신의 얼굴은 들어있어서 저 무거운 점액의 생명인 바닷물은 일어나는지도 몰라요. 물결, 그것 자체가 만물인 바닷물 속에 가만히 들어가면 내 무시무시한 조상들이 아직 그곳에 살고 있어요. 아직 나이지 못한 나의 조상들은 바다를 헤엄쳐요. 나는 따뜻한 물속에서 내 조상이 지냈으면 했어요. 한류의 차가운 심장을 두들기는 물고기로 다시 시작해서 어느 식탁 위에 오르고 싶은 나는 인간의 여자 시간 사십오를 살고 있는데

어쩌면 아직도 우리는 우리의 숨만이 길인지도 몰라요 내가 숨을 쉴 때마다 아주 늙은 당신이 나타나는 것은 왜일까요. 가녀린 손가락의 나날 동안만 연애를 하던 청춘의 별 같아요. 작은 개다리소반에 올려져 있던 영혼 같아요. 밭에서 따온 아침 오이 같아요. 그리고, 고추장에 박힌 아린 마늘 같아요. 아직 돌아오지 않는 새를 기다리는 숲 같아요. 검

은 거울 같아요

증발한 수분을 기다리는 눈물 같은 시간 앞에서 푸른 미역의 말들을 그렸지요. 도자기를 굽는 가마 앞에 쪼그리고 앉아 흙이 굳어가는 시간을 추억했어요. 얼마나 깊이 바다로 내려가야 우리는 바닷속에 사는 모든 생명들을 헤아릴 수 있을까요. 그 심연에서 태어나서 불을 환하게 켜는 이름 없는 해파리들에게 저 가녀린 빛의 다리를 준 이는 누구일까요? 흐느적거리는 팔다리에 심연의 아늑함, 존재의 배를 타고 바다의 바닥으로 들어가는 거대한 문어 같아요. 이 밤은

그네의 흔들거리는 시간처럼 유모차 하나가 내 몸속에 살아요. 누군가 나를 언제나 실어나르는 그 유모차 속에 앉아 나는 노래하지요. 노래하지 않는 시간은 아무것도 아니었어요. 악보는 날아가는 새의 귀에 들어 있지요. 눈 감은 물고기들 피곤한 물이 물고기들을 해안에 밀어놓았고 게들은 뻘 안에서 울었어요. 검은 손을 가진 바람이 와요. 태양은 자러 바다 밑으로 들어가네요. 그 바다 밑을 우리는 지구의 저편이라고 불렀지요

3부

노래가 비장할수록 존재의 탄생이 남루해지던 가을에 첫 성교를 했던 아이들에게 빛은 어떤 말의 그림자를 주었을까

사막에 그린 얼굴 2008

사막에 대해서라면 조금 아는 바가 있다. 태양이 질 무렵 사막에서 일어난 먼지는 태양과 함께 진다. 양과 염소들이 물을 찾으러 더이상 먼 길을 가지 못하는 것도 보았다. 물을 찾으러 나선 사람들이 겨우 얻은 삽으로 우물을 파는 것도 보았다.

오래전에 이곳에 살았던 베두인들은 도시로 가서 빈 양철통에 불을 피워 염소를 꼬챙이에 구워 판다. 불과 소금에 지져진 염소들이 메에, 하고 우는 것을 보던 도시의 태양은 사막의 태양에게로 가서 재가 묻은 편지를 전한다.

사막에는 모래에 덮인 무덤과 묻히지 못한 사람들과 코끼리들만이 살아간다. 이 코끼리에 대해서도 들은 바가 있다. 소금을 찾기 위해 암벽에다 굴을 팠다는 코끼리들이다. 아이들을 데리고 소금을 먹이기 위해 몇십 마일을 걸어온 코끼리 어미는 굴에 도착하기도 전에 죽었고 아이들만 굴의 바위벽을 핥으며 소금을 먹었다.

해저에도 사막이 있다고 한다. 해초가 덮인 바다 안에는 느리고 느린 모래만이 흐르고 거미게들이 휘적휘적 걸어다니고 있다. 이곳에는 태양도 없어, 무거운 바다 음에 갇힌 희미한 고래의 노래를 좀 들어봐, 연어 양식장에서 흘러나온 항생제 바닷물에 피부가 썩어가는 고래들이 부르는 노래를 좀 들어봐.

고래들은 해안으로 밀려나와 다시 땅으로 가고 싶다고 운다. 퇴화한 다리로는 걸을 수가 없어, 모래사막으로 변한 해안에는 죽음의 머리를 가진 작은 원숭이들이 손을 흔들고 있다. 그때 어떤 인간의 애인이 나에게 걸어준 산호 목걸이 죽어가는 산호의 손들이 이렇게 내 목을 끌어안고 있다.

사막에 대해서 아는 바가 조금 있다. 아마도 작열하는 미래 황폐한 미래를 위해 이곳은 다른 곳보다 망각이 먼저 오고 가장 오래 머물고 망각의 혀를 사랑하여 느린 태양의 행진을 즐긴다. 오직 내비게이션만을 믿고 달리는 태양이 지배하는 사막의 나날을 위해 록커들이 불렀던 노래를 심장에 등꽃처럼 단 턴테이블을 소금벽이 있는 동굴에 걸어두고 싶다. 어느 타임머신이 저 노래를 들었으면 한다. 그 노래는 오직 타임머신만의 미래이므로.

어린 밤의 공기

작은 박쥐 한 마리가 처마 밑에 거꾸로 매달려 있다
비를 피하고 있는 건지 어둠을 피하고 있는 건지 알 수 없는 봄밤

컴컴한 비가 왔고
어린 영혼의 공기는 어둔 빗속에서 아른거렸다
박쥐는 비와 공기 사이에서 흔들거리며 처마 밑에 매달려 있다

아직 꽃이 피지 않은 가지에 달린 연약한 입김들은
모로 누워 가지에게 조금은 덜 익은 술을 부어넣고 있다
이런 날, 들판에서 유랑을 멈출 수 없던
여우도 새끼를 데리고 멀리 떠 있는 별을 보러 가기도 할 것이다

아가들이 아름다운 건 저 가지 끝에
연한 숨을 받는 젖은 어둠 때문인지도 모른다
스러지는 영혼이 가볍게 끝나가는 지점

어린 밤의 공기는 아기 박쥐를 처마 밑에 걸어두었는지도 모른다
봄을 처음 맞는 어린 박쥐에 대한 기억을 안고
어둠은 어린 공기를 태어나게 할지도 모른다

이런 날이면 마지막 소절만 생각나는 옛 노래에 실린
늙은 여자의 가냘프게 떨리는 눈썹이 생각나는 것이다
그 여자가 낳은 아이를 묻은 주둥이 좁은 옹이도 생각나는 것이다

어린 밤의 공기 속에 흔들거리는 작은 박쥐가
마치 그 옹이에서 나온 것 같은 것이다

입술

너의 입술이 나에게로 왔다
너는 세기말이라고, 했다

나의 입술이 네 볼 언저리를 지나갔다
나는 세기초라고, 했다

그때 우리의 입김이 우리를 흐렸다

너의 입술이 내 눈썹을 지나가자
하얀 당나귀 한 마리가 설원을 걷고 있었다

나의 입술이 너의 귀 언저리를 지나가자
검은 당나귀 한 마리가 석유밭을 걷고 있었다

바람이 불었다
거리의 모든 쓰레기를 몰고 가는 바람

너의 입술이 내 가슴에서 멈추었다
나의 입술이 네 심장에서 멈추었다

너의 입술이 내 여성을 지나갔다
나의 입술이 네 남성을 지나갔다

그때 우리의 성은 얼어붙었다

말하지 않았다
입술만 있었다

그때 낙타가 들어왔다

마음에 든 소금
날 목마르게 한다
목마름이 짠 흰빛의 원천이다

그대는 먼 바다에서
죽음의 물결을 땅 쪽으로 밀어내고 있다
그때마다
나는 모래사막에 얹혀진 소금 기둥처럼 녹는다

무너진 마음집 지반 사이로
옛 사원이 떠올라
내 마음속 양초 만드는 이들은 운다

아픈 이가 느릿느릿 죽을 입안으로 넣듯
그를 간호하는 이가 시름에 겨워
아무것도 목구멍으로 넣지 못하듯
낙타는 나에게로 들어온다

사막의 신기루로 꿈을 엮던 낙타
목이 말라 눈을 감을 때
사막에는 소금 열리고
낙타의 눈에도 소금이 맺힌다고 했다

나는 눈을 감고 소금을 기다렸다
그때 알았다
해갈의 기척이 저 짠 흰빛에 있다

그 빛 날 데리고 갔다
목마름이 생애의 열쇠였다
텅 빈 고방을 지키는 열쇠였다

폭풍여관, 혹은 전투 전야

12월 28일이었지, 겨울 폭풍이 온 날
우리는 폭풍 속에 여관 하나를 열었네
나무들이 뽑힌 자리에 지붕이 날아간 자리에
우리는 여관을 열어 잠시의 몸을 의탁하고 있었네
서로 안고 있었지 젖은 강아지 한 마리 머루 같은 눈을 하고
우리 품 안에서 떨고 있었지

폭풍여관에는 당신이 있었지
날 잡아먹었던 하루의 눈을 가진 당신이 있었지
그 방 77호로 들어가면 큰 악기가 있고
아니 아주 작은 악기가 성경 옆에 놓여 있었지
악기는 통곡의 벽을 잊어버렸고
아니 아니 통곡의 벽에다 머리를 기대고 우는 나날을 잊어버렸고
내 악기는 학살의 마을을 미끄러져 들어가던
탱크의 몸을 하고 있었지

사랑하는 사람들의 눈은 언제나 젖어 있었지
기다리는 사람들의 발목은 언제나 아팠지
역청을 귀에 넣고 사는 사람들에게는
세계는 언제나 무료했지 귀에다 샤워 꼭지를 집어넣고
별을 기다릴까봐

물결이 파랑파랑 별로 들어가는 날까지
완숙도 미숙도 아닌 나와 불화하는 모든 내전의 기록들을
쓸쓸한 내 종이가 다 적을 때까지

사랑하는 사람들의 입술은 언제나 말라 있었지
기다리는 사람들의 손금은 언제나 깊었지
늪 사이에서 더이상 깊이 빠지지 않으려고 길어지는 나무들처럼
서로 붙잡을 수 있는 것들이 늪으로 빠져들어가는 것을 지켜보는 나무처럼
굶어가는 아이들에게 헌금을 바치기 위해 일 나가는 젖은 강아지처럼

내 악기가 입술을 벌리면 아픈 꽃술이 나오지
꽃술에 묻어 있는 꽃가루가 다시 악기를 낳으러
그 방 77호에서 나와 하늘을 한사리 밟지
악기의 재생산력에 놀란 음악은 악기의 엉덩이로 들어가지
음악과 악기에게 콘돔을 주어요 그러다 에이즈라도 걸리면
교황 할아버지는 얼마나 슬플까요
비틀비틀 무대에 서 있던 자선 록음악가들은
또 얼마나 많은 나날을 교회 벽에다 바쳐야 할까요

12월 28일이었지, 겨울 폭풍이 지나간 날

우리는 고요 속에 여관 하나를 닫았네
나무들이 뽑힌 자리에 지붕이 날아간 자리에
우리는 여관을 닫고 잠시의 마음을 그 안에 두었네
서로 안고 있었지 젖은 강아지 한 마리 머루 같은 눈을 하고
우리 품 안에서 떨고 있었지

눈동자

죽은 이들 봄 무렵이면 돌아와 혼자 들판을 걷다 새로 돋은 작은 풀의 몸을 만지면서 죽은 이들의 눈동자 자꾸자꾸 풀의 푸른 피부 속으로 들어가다 마치 숲이 커다란 눈동자 하나가 되어 그 눈동자 커다란 검은 호수가 되어 검은 호수가 작은 풀끝이 되어 나를 자꾸 바라보고 있는데 내버려두었다네, 죽은 이들이 자꾸 나를 바라보는데, 그것도 나의 생애였는데

그 숲에는 작은 나무 집이 하나 있었다 집 앞 닫혀진 문 앞까지 걸어갔다 집 안은 아직 겨울이었고 결혼 대신 시를 신랑 삼았던 여성 시인이 있었다 시인의 저녁 식사에 올려진 양의 눈동자, 이방의 종교처럼 접시에 올려진 양의 눈동자, 여성 시인을 신부 삼은 시는 물끄러미 바라보다 시를 쓴다, 애인아, 이 저녁에 나는 당신의 눈동자를 차마 먹지 못해 눈동자를, 적노라, 라고

검은 새 한 마리

새 한 마리 자정의 이불까지 왔다.
새는 검었다.

오늘 하루 동안 내가 본 것들,
미세한 먼지까지 보이는 봄빛이니 그 먼지야 잊어버린다고 해도
먹었던 찬, 만났던 사람, 바람 꽃, 푸른 순 막 돋아드는 가지
응급차, 신호등, 쇼윈도
다 있던 자리에 두었는데
하필이면 새가 왜 이불 안으로 들어온단 말인가.

으응 그래, 곧 비행기가 뜬다네.
그곳엔 그렇게 이웃 사람들이 많이 도망와 있대, 천막이 없어, 더 많은 국방색 천막과 부루스타가 필요해, 아니 아니 찬물 환타 정수기 쌀 기름 달걀 등등이 없어.
으응 그래, 달콤한 과자 많이 먹지 마, 토마토 소스로 만든 국수는 많이 먹고.

곧 비행기가 뜬대, 그 공항에는 새벽 두 시에나 도착할 거야.
모래를 잃어버린 사막이 자꾸 이상한 얼굴들을 실어나르고 있어, 그때

그때 어쩔까, 근데,

올해엔 사과나무에 꽃이 한 달이나 먼저 피었어, 먼 산에는 녹지 않은 봉우리들이 만년설의 헌 옷을 다 벗었다네, 푸른 푸른 봉우리로 변한 저 만년설 안에 웅그리고 있던 유기체들이 다 계곡물로 들어갔어, 비행기가 도착하는 그 공항에는 그런 사과꽃이야 없겠지만 저기 저기, 비행장 창문에 새 한 마리가 머리를 꽝 부딪치더니 떨어지고 있네, 이파리처럼 검은 이파리처럼.

새 한 마리, 자정의 이불 속을 날아다니는 새 한 마리,
새는 깁있고 노란 부리를 가지고 있있다.

저렇게 많은 얼굴들이 사막에서 몰려오면 사막은 얼굴을 잃어버리지 않을까, 검은 먼지 떼에서 아이 얼굴을 가진 검은 새 한 마리가 적막한 달을 향하여 날아오르는데,
그래 이렇게 그곳으로 돌아가고 싶지는 않았지, 이제 비행기 안으로 들어가야 해.

오늘 하루 동안 내가 본 것들,
미세한 가루처럼 하늘로 흩어지던 여윈 팔다리야 잊어버린다고 해도
하하거리며 스케이트보드를 타던 할머니들, 구부정하게

앉아 밭매던 물소나
저공 비행기며 냉동고에서 얼어 있던 영아,
다 있던 자리에 누워 있는데
검은 새, 자정의 이불 속을 날고 있는 검은 새.

내 마음속 도저한 수압에서 당신은 살아간다, 내 기억이여, 표면으로 올라오지 마라

심해에서 솟아오른 주름상어는 암컷이었다. 일본 시즈오카 현 아와시마 만. 상어의 이름을 어류학자들은 주름상어라고 불렀다. 8천만 년 전의 상어. 그 종이 살아왔던 물 환경은 8천만 년 동안 거의 아무 변화가 없었다고 한다. 그래서 그들은 팔천만 년 전 그 상태에서 계속 살아나갈 수가 있다고 한다. 하지만 수면으로 떠오른 상어는 아주 허약했고 7.5킬로그램의 무게에다 암놈이었으며 두 시간가량 수영을 하다가 죽었다. 강한 수압, 물의 온도는 약 3도가량. 빛이 들어오지 않는 곳에서 살던, 변화하지 않는 심해에서 살던 오래된 기억의 생화석.

기억에게 물어보자, 기억아, 기억아,
너는 난생이니, 태생이니?
너는 식물성이니, 동물성이니, 그도 아니라면 미네랄이니?

기억아, 기억아,
너는 암컷이니, 아니면 암수동체니?
너는 아프니, 건강하니, 아니면 변화된 사실이니?

주름상어가 올라오는 해안
올라오자마자 수면에서 사라지는 고생대의 기억을 바라

보는 포유류가 있었지.

수압에만 견뎠던 기억은 수압이 사라지자 죽었지.

마치 내가 당신을 내 몸에서 꺼내면 저렇게 황당하게 사라지는 당신처럼.

얼마나 오래 기억이 살 수 있는지 우리는 알지 못하고

어떻게 번식을 하는지도 모르지.

새끼는 2년가량 어머니의 자궁에 알 상태로 있다가 자궁 속에서 알을 깨고 나온다는데

암놈은 일생에 일곱에서 여덟 마리 정도의 새끼를 낳을 수 있다는데.

그 기억의 모체는 어쩌다가 표면까지 나왔을까,

마치 그날 아침 내가 당신의 편지를 받았을 때

나는 왜

심해에서 막 솟아오른 주름상어의 죽음을 생각했을까.

내 마음속 도저한 수압 속에서 살아가던 당신이

나에게 편지를 보내던 그 아침

심해에 있던 기억이 표면으로 나와 헤엄을 치고 있었지,

두 시간가량, 주름상어처럼 죽음을 메고 조용히 조용히

죽을 것을 알고 헤엄을 치고 있었지.

내 안에서 살아갈 때 일곱 혹은 여덟의 기억의 아가들을 낳았을 기억,
컴컴한 자궁 안에서 알로 들어앉아 있다가 심해의 검은 주름 사이로
막막하게 나왔을 기억의 아가들.

당신의 편지여,
내 사랑은 이 가벼운 표면을 견딜 재간이 없다.
내 사랑은 아무런 수압 없이 태양이 주는 빛으로 살아갈 수가 없다.
저 주름상어처럼 표면에서 잠시 유영하다가 죽어버리면
심해에 두고 온 저 기억의 아가들을 돌볼 기억의 어미를 어찌할까.
수면 가까이에 살고 있는 기억과는 다른 기관을 가진
심해에 사는 뱀장어도 아니고 상어도 아닌 기억들아.

여기는 그림자 속

아마도 내가 당신을 잊어버린 것 같다, 그렇지 않고야 이렇게 잠 속에 든 당신 옆에 내가 누워 있겠는가, 이제 당신을 나라고 불러도 될 것 같다.

여기는 그림 속, 손을 잃어버린 새들이 날고 있다. 검은 부리를 가진 물고기들이 하늘을 향해 늙은 개들을 실어나르고 있다. 개들은 머리만 있고 얼굴은 없다. 지난 오후에 마을을 폭격한 거미 같다. 전갈도 어쩌면 잠자리처럼 부드러운 곡선으로 세계를 배회할지도 모르겠다.

여기는 그림 속, 대나무숲이 교회 옆에 있는 그림 속이다. 식당에서 내주는 작은 철근 한쪽을 씹어 먹는다. 가끔 내 주위에서 음악을 연주하는 지렁이를 밟으며 옷 가게로 들어간다. 나무를 팔고 있는 옷 가게는 바다이다.

여기는 그림 속, 그 바다 안에서 우렁거리는 핵발전소에서 빛으로 엮은 목도리를 하나 사들고 다시 교회로 간다. 교회 옆에 있던 대나무숲이여, 어쩌면 당신은 옛 당신의 음성을 그렇게 잘 흉내 내는가.

아마도 내가 당신을 잊어버린 거겠지, 그렇지 않고야 이렇게 잠 속에 든 태양 안에서 돗자리를 깔고 누워 타는 줄도 모르고 어느 가운데를 건너겠는가, 이제 당신을 나라고 불러도 될 것 같다.

기차역에 서서

어쩌면 당신은 그날 기찻길에 놓여 있던 시체였는지도

어쩌면 달빛이 내려앉는 가을 어느 밤에
속으로만 붉은 입술을 벌리던 무화과였는지도

어쩌면 당신은 막 태어난 저 강아지처럼 추웠는지도
어쩌면 아직 어미의 자궁 안에 들어 있던 새끼를 꺼내어서 탕을 끓이던 손길이었는지도
지극하게 달에게 한 사발 냉수를 바치던 성전환자였는지도

어쩌면 이렇게 빗길을 달리고 달려서 고대왕국의 무너진 성벽을 보러 가던
문화시민이었는지도 당신은
나는 먼 바다 해안에 있는 젓갈 시장에 삭은 새우젓을 사러 갔던 젊은 부부였는지도
그 해안, 회를 뜨고 있던 환갑 넘은 남자의 지문 없는 손가락이었는지도

어쩌면 당신은 그날 그 여인숙이었는지도 세상 끝에는 여인숙이 있다는 거짓말에 속아 멀리멀리 끝까지 갔다가 결국 절벽에서 뛰어내린 실업의 세월이었는지도

무심한 소나무였는지도 아직 흐르지 못한 음악이 살얼음

처럼 끼어 있는 시간
　설레며 음악의 심장을 열어 핏줄을 들여다보던 어린 별이었는지도

　당신은 그랬는지도 우리가 멀리서 보이지 않는 서로의 몸을 향하여
　입을 맞추려고 할 때마다 사라지는 정신이었는지도

아직도 해가 뜨지 않아서

가만히 종이를 내놓고 너를 그려본다
너의 얼굴을 기억하기 위하여 그려본다

너의 얼굴 자리에다 기타를 그려넣는다
너의 코에다 입에다 아직 태어나지 않은 음악을 그려넣는다
아, 너의 얼굴은 음악을 기다리는 기타가 되어 있다

이 종이를 아주 푸른 물결이 있는 곳까지 가져가야겠다
순정의 입술로 태양이 가만가만 젖은 눈을 만져주던 물결에게로
그리고 이 세기가 끝나면 내 차가운 심장을 너에게 주리

하얀 입김으로 달리던 배와 기차가 있었던 세기에
달리는 모든 것을 믿어서 대륙을 횡단하던 모험가와 군인들과
새로 태어난 기계들과 기계 옆에서 가난한 감자를 먹던 여자들의 입속까지
다 음악으로 만들고 나면 너의 얼굴이 태어나겠지

아직 해가 뜨지 않아서 긴 밤의 바람을 듣는다 바람은 순간마다 새로
태어나는데 우리들은 아직 긴 발을 가진 신의 무르팍에

기대어
  졸고만 있다 전 세기의 모든 순환을 다 경험한 횡단철도의 철로들이
  마지막 숨을 쉬면서 이슬에 젖는데
  나는 태어나지 않은 음악을 너의 얼굴로 가만 들여다보려 한다

바다 곁에서의 악몽

하루 종일 빛과 함께 놀았다 두툼한 손가락을 가진 요리사를 보내주는 바다의 빛이었다, 고 생각하는 순간 악몽은 시작되었다 마치 탄생을 주관할 수 없었던 많은 종들이 어느 순간 돌연히 자살의 아름다움에 골몰하거나, 삶의 아름다움을 찬양하는 것처럼

국수 소스를 끓이던 토마토는 나를 올리브기름으로 볶았다 일생 동안 몇 개의 토마토가 만찬을 동반했던가 혹은 나, 그 만찬을 동반했던가 우리는 같은 식탁에 앉아 있었다 그리고 식탁은 우리의 만찬을 동반하면서 아무 말이 없었다 단 한 사람만을, 그리고 백여 개의 토마토를 위한 만찬, 만찬만이 우리의 벗

자연 앞에서 식욕을 느낄 때 나는 생물이다 그런데 저 푸른 초장은 나보다 더 많이 자연을 퍼먹는다 양 떼들이 태양을 향하여 한꺼번에 방귀를 뀔 때 태양은 대양을 건너가는 검은 배에 매달린 전구처럼 흔들린다 초장의 양들이 토해내는 소화의 권태는 규칙적인 삶을 사는 태양의 아침 체조 시간을 뒤흔들고 싶었을 것이다

해초들이 괴로운 태양을 바라보며 주름진 물결을 지상으로 던진다 마치 태양이 유괴했던 시간을 버리는 것처럼 지난밤, 잠이 들기 전에 해두었던 메모는 아무 소용 없다 아

직 가지 않은 바닷길들이 어두운 안경을 쓰고 우울증에 걸린 여신들을 안아준다

어린 새들은 시간에 쫓기며 하늘을 건너간다 태양의 손가락 사이에 든 시간 날개 속에 시간을 집어넣느라 바람은 깃털 속에 자리를 잃었다 그 바람은 오늘, 엄숙하게 일용할 만찬을 맞이하는 인간의 여자에게 들어오는 것이다 신화성을 잃어버린 암컷은 국수가 고맙다 면 속에 숨겨진 길을 걸어 집으로 간다 새집에 가서 알을 하나 훔치고 돼지우리로 가서 넓적다리 하나 훔쳤다 이제 위장은 훔친 먹이들로 가득하다

시간들은 역사에 들어가지 않은 파편, 파편의 시간 속에 일그러진 자연, 위장 속에 든 저 토마토밭, 그러나, 여자들이 울면서 바다를 지나갈 때 오 신이여, 라고 울면서 걸어가던 남자들은 산으로 들어간다 살인자가 되어 마을로 돌아와 검은 죽을 마실 때, 문득 당신은 물었다 부모가 누구요? 나의 고향은 영원한 실업자들만이 살던 나라지요 적은 양식으로만 끼니를 잇다가 북아프리카 사막 지역으로 용병을 하러 떠나기도 했던 전 세기의 남자들이 먹는 검은 죽을 끓이는 불이지요

나는 그 죽 안에 든 짐승의 고기 안에서 그 고기 안에 든

풀을 본다 선잠이 든 여신들이 가랑이를 벌리고 누워 저 많은 물결들을 낳고 있다 그때마다 저 만신전에서 쫓겨난 것들의 목을 눌러 죽이는 유조선이 내 생활이지요 그리고 그건 인생을 노래하던 작은 악몽이었어요

이런 날 부르는 노래는 어느 가을 가두에서 부르던 운동가들이다 존재의 발생을 보고 있던 것처럼 노래는 비장하고 노래가 비장할수록 존재의 탄생이 남루해지던 가을에 첫 성교를 했던 아이들에게 빛은 어떤 말의 그림자를 주었을까

저녁에 흙을 돋우다가

저녁에 흙을 돋우다가 나비를 보았네
저녁에 흙을 부드럽게 만져
막 나오는 달리아를 편하게 하려다가
나비를 보았네

나비가 날아가는 곳을 멍하니 보는데
턱 허니 의젓하게 차오르는 눈물

언제부터인가
야간등을 단 밤하늘의 비행기를 보면
무슨 이 지상에서 살아남을 권리이듯
눈물이 의젓하게 차올랐네

저 안에 마늘쪽같이 아린 집이 있어
야간등을 달고 나비들은 그 곁을 지나는지도 모른다

나비가 저녁 햇살로 사라지는 것을 보면서
잠자리가 아니어서 다행이다, 라고
생각하기도 했네

여린 빛마저
울음 오므리듯 투과하는 날개를 가져서
어떡할 것인가

삶이 죽음에게 사랑을 고백하던 그때처럼

내가 입고 싶은 저 비단옷은 어느 록가수가 입었던 가죽옷과 비슷해
감옥과 감옥 사이를 돌며 북과 기타를 울리며
노래하던 록가수는 아마도 내 고향 비단 시장에 오면
비슷한 공연을 하면서 울지도 몰라

비단이 얼마나 많은 폭력 속에서 지어낸 피륙인지
누에는 알고 있을 거야
이제는 자연에서 혼자 사는 법을 완전히 잊어버린 저 누에들은
어떻게 저 폭력을 참아내었을까
그래서 비단은 저렇게 곱게 차곡차곡 지층처럼 시장 한가운데
누워 있는 걸까

난 한때 시인들이 록가수였으면 했어
어쩔 수 없잖아 시인이 그 일을 하지 않으면
월 스트리트, 증권 판매상이 그 일을 하니?

어미를 죽인 자
아이를 죽인 자
현금을 강탈한 자
강간한 자

외국인을 살해한 자
이 모든 것이 당신 탓이라고
아무것도 없는 허공에 십자가를 긋던
수많은 성도들을 위해

저 많은 협곡을 돌아
저 많은 태풍을 뚫고 집에 돌아와
겨우 잠이 든 시인이
이 세계가 멸망의 긴 길을 나설 때
마지막 연설을 인류에게 했으면 했어

인류!
사랑해
울지 마! 하고

따뜻한 이마를 가진 계절을 한 번도 겪은 적 없었던 별처럼
나는 아직도 안개처럼 뜨건하지만 속은 차디찬 발을 하고 있는 당신에게 그냥 말해보는 거야

적혈구가 백혈구에게 사랑을 고백하던
삶이 죽음에게 사랑을 고백하던
그때처럼

차곡차곡 접혀진 고운 것들 사이로
폭력이 그들에게 사랑을 고백하던 것처럼
폭력이 짧게 시선을 우리에게 주면서
고백의 단어들을 피륙 사이에 구겨넣는 것처럼

내가 쓰고 싶었던 시 제목, 의자

그해 겨울, 나는 호흡이 거칠어지는 병을 앓았다. 오래된 시스템이 복합구조로 나아가면 갈수록 호흡기 질병이 많다는 경제학자의 진단을 듣고 난 뒤, 나는 절정마다 자지러지듯 떨어지는 태평양 섬에 살았던 동백나무의 자서전을 읽었다. 눈과 비가 엇갈리고 태양이 숨는 계절에 내가 버린 낡은 빤쓰를 머리에 쓰고 신경질을 부리며 피어나던 저 가엽고 멍멍한 꽃, 어느 신이 버린 술병에서 아직도 흘러나오는 붉은 방울 같은 동백꽃 사이사이에,

아직도 양식에 성공하지 못한 생선들을 잡기 위해 모터에 끈적거리는 기름을 담은 배들이 고아처럼, 혹은 먼먼 바다, 언 성기로도 번식하던 산호초처럼 흔들릴 때, 나는 마음속의 몸을 팔아야 할 때처럼 콜콜거렸다 요절 시인 랭보가 무기 상인으로 짐바브웨의 수도를 떠돌고 있던 시절, 하는 수 없어서 나는 당신을 찾아갔다.

의사 : 잘 우시나요?

환자 : 예.

의사 : 달빛에 대해서 자주 생각하시나요?

환자 : 아니요.

의사 : 그럼 라면이라든가, 누들이라든가 하는 구불구불하거나 곧 휘어질 것 같은 길이라든가, 아니면 짐승의 뱃살을 고아서 만든 산맥을 자주?

환자 : 자주, 생각하냐구요?

의사 : 아뇨, 자주 드시냐고요.

환자 : (한참 생각하는 동안 지층계의 역사 안에는 포유류가 들어오고 도구와 방랑의 역사가 들어오고 우는 역사와 웃기려고 작정을 한 정치와 책을 읽는 자가 그림을 그리거나 음악을 만드는 세월이 들어오고 그리고 그렇게 환자가 오랫동안 바라던 사랑의 역사가 치욕처럼 쳐들어오는 평화의 시대를 떠올리면서, 아니면 한 작가가 사랑과 전쟁이라는 소설을 쓸 때 죽어가던 원숭이들이 바라보던 노을이 오고)…… 말줄임표 뒤에 숨은 〈아뇨〉.

의사 : 혹, 민속이라든가, 아님 민족이라든가, 아님 가족이라든가……

환자 : 혹, 학살에 대해서 제게 묻나요?

의사 : 아뇨, 가장 평범한 자연계의 저녁에 대해서 묻는 거랍니다.

환자 : 그러니까 그 저녁에 노을을 바라보는 〈어린 왕자〉가 앉았던 의자에 대해서?

의사 : 제일로 궁금한 건 그 의자가 서쪽에서 혹은 동쪽에서 혹은 남북에서 무엇을 바라보고 있었냐 하는 것……

환자 : 그러니까 지난 세기에 가장 아름다운 시가 쓰여지던 그 방향? 달빛의 얼음 속에 춤추던 아가씨, 혹은 태양의 지친 팔이 부수었던 토기? 아님, 박달나무? 아니라면 돌고 도는 차가운 태양? 아님, 어떤 사촌이 만든 행성을 따라 돌고 돌던 차가운 별?

의사 : **왜 예언이나 점성, 가족에 대해서 시를 쓰기를 거부하시나요? 열을 지어 앉은 의자에 대해서 시를 쓰는 것처럼? 황무지에 무슨 보리밭이라도 일군 코끼리처럼.**

환자 : 가족요? 나는 울어요. 울 뿐이에요, 불이 났는데 울지 않을 도리가 있어요? 나는 가족이 언제나 무서웠구요, 나는 언제나 가족이 산맥처럼 나에게 생을 명령해서 싫었구요……

의사 : 내장 안에 암을 넣고 사는 별처럼, 얼음의 얼굴로 불을 들여다보는 정치가처럼 혹은 그 정치가의 연설을 듣고 있던 국밥처럼 굴지 마세요. 그렇다고 정치가나 국밥이나 하는 것을 깔보지도 마세요. 식사를 규칙적으로 하시고 이도 규칙적으로 닦고 국가도 규칙적으로 사랑하고 낙원도 규칙적으루다 꿈꾸시고……

환자 : 울지 말라구요?

의사 : 딱히 그렇다는 건 아니고, 건강하자구요. 우주계가 건강해야 겨우 물 자국이나 발견된 화성이 눈물을 흘리며 새 테크놀로지를 찾아 떠나는 비행선을 찬양하지는 않겠지요. 찬미가, 지겹죠. 삼겹살이 매일 올라오던 사거리 식당의 설거지물에 손을 담그고 오래된 옛 사랑의 노래를 부르던 마지막 태양빛처럼 굴지 맙시다…… 그리고, 제 은행에 계좌는 있나요?

환자 : 꽃과 나비, 잠자리의 꿈이 슈퍼마켓으로 들어와서 빤쓰가 되는 세상만이 낙원 아니겠어요. 점심 같이 드시죠.

의사 : 아니요. 모든 유일신처럼 모든 유인원처럼 저는 환자와의 직접 접촉을 피합니다. 은행 계좌, 잊지 마시구요,

잃어버린 고향은 은행 계좌 아니겠어요, 당신과 나, 그 존재에다 안전성을 보장할 계좌에 달린 은행 이름, 어쩌면 그 은행이 독재의 길을 걷다 실수로 그렇게 수많은 것들을 살해해도.

4부

땅은 속으로 그 많은 지하수를 머금고 얼마나 울고 싶어하나
대양에는 저렇게 많은 물들이 지구의 허리를 보듬고 안고 있나

밤 속에 누운 너에게

가끔 너를 찾아 땅속으로 내려가기도 했단다
저 침침하고도 축축한 땅속에서 시간의 가장자리에만 머물러 있던
너를 찾으려 했지

땅속으로 내려갈수록
저 뿌리들 좀 봐, 땅에는 어쩌면 저렇게도 식물의 어머니들이
작은 신경줄처럼 설켜서 아리따운 보석들을 빨랫줄에 걸어두는데
저 얇은 시간의 막을 통과한 루비나 사파이어 같은 것들이
땅이 흘린 눈물을 받은 양 저렇게 빛나잖아

가끔 너를 찾아 땅속으로 내려가기도 했단다
사랑 아니면 아무것도 아니라는 세월 속으로 가고 싶어서
머리를 지하수에 집어넣고
유리처럼 선명한 두통을 다스리고 싶었지

네 눈에 눈물이 가득할 때
땅은 속으로 그 많은 지하수를 머금고 얼마나 울고 싶어하나
대양에는 저렇게 많은 물들이 지구의 허리를 보듬고 안고 있나

어쩌면 네가 밤 속에 누워 녹아갈 때
물 없는 사막은 너를 향해 서서히 걸어올지도 모르겠어
사막이 어쩌면 너에게 말할지도 몰라
사랑해, 네 눈물이 지하수를 타고 올 만큼 날 사랑해줘

추억의 공동묘지 아래

사과나무 아래에는 아이가 놀다 버린 배드민턴 공이 뒹굴고 있다
사과나무 아래에는 지난밤, 누군가 마신 맥주병이 뒹굴고 있다

아주 오래전 사과나무 한 그루가 있는 마당에서 살았으면 했다
그때에는 사과가 그려진 앞치마를 두르고 프라이팬에
볶은 밥을 볶는 미래를 믿었다

앞으로 쏟아져 들어오는 빛과
뒤를 후려치던 폭풍 속에서도 병원과 명절 사이를 씩, 웃으며
세계의 끝에 사는 알려지지 않은 어느 새의 한 종류처럼 살려고 했다

사과나무 아래에서 아주 오래전
집을 떠난 여자를 추억했다
연인이 있던 여자였고 연인이 버린 여자였다

아이가 버린 배드민턴 공의 깃털이 파르르 바람에 떨리면
덜 익은 사과들이 쿵, 떨어졌다
아주 오래전에 잊혀진 시간 한 조각이 떨어진 것처럼

얼떨떨했다

우스운 일 아닐까, 이렇게 살아서 죽음을 추억하는 것은,
순간순간들은 죽어서 추억의 공동묘지에서 살아가는데
묘지 안에 든 추억들은 마치 살아 있는 살갗처럼 소름이 돋아 있다

까치발을 하고 아이가 돌아와서 공을 주워 갈 때
다시 사과 하나가 떨어지고
지붕에는 집까치가 후두둑한다
모든 추억들은 다시 공동묘지 안으로 들어가 잠들 준비를 한다

빛의 짐승

유채밭에서 나오는 기름 모터가 고장 난 차로 도시는 우주를 달리고 오래된 아이들은 울면서 일을 하러 가요 말하지 마세요, 저 아이들이 빛의 짐승이라고, 빛으로 된 짐승이거나 아니면 빛을 사랑하는 짐승이거나, 아니면 광합성이 아니면 추억을 키울 줄 모르는 옛 문명의 아이들이거나, 이런 문명 따위는 잊어버리겠다고 작정을 한 강이거나 저 오래된 아이들의 어머니는 유통기한이 지났다거나

헬로우, 샌드위치 하나 커피 하나 서브웨이에서 일정하게 양식을 공급받는 아침이면 이 도시에 세워진 모든 동상들을 사랑할 수 있을 것 같아요 이 도시에 세워진 모든 정신병원과 경기장과 구불거리는 면을 삶아내던 무쇠솥을 잊어버릴 수도 있을 것 같아요 도서관과 국회의사당도 그리고 유곽과 당신의 손도, 당신이 꽃을 꺾을 때 그 옆에서 기침을 해대던 공기도요

기름을 만들어내는 황금들판에서 자라던 유채꽃 가운데 하나인 아이들 풍선을 타고 가까운 달로 고픈 배를 움켜잡고 날아가요 헬로우 잊어버린 별이었어요, 당신의 이름은 그랬어요? 두근거리는 가슴을 가진 도시의 쥐들이 드나들던 하수구에 떠내려가던 그 많은 수면제의 흔적, 그 흔적이 이 문명의 유일한 자취일지도 몰라요

엠피 드라이라고 말해보세요, 음악의 어머니가 흔들던 손이 우주의 해초로 자라는 저녁이 올 거예요 헬로우, 내 영혼의 상표가 붙어 있던 샌드위치의 저녁에 번식이 금지된 성교가 생각나지 않나요? 영혼을 포장하던 공장의 굴뚝을 향하여 엠피 드라이 엠피 드라이라고 불러보세요, 잊혀진 어느 시인이 돌아와요, 유곽을 어머니로 가지고 있었던 전 세기 시인은 빛의 짐승이라고 이름이 붙혀진 시집을 내고 너희 거짓 믿음의 독자여, 라고 시집을 시작했지요 엠피 드라이를 자꾸 불러보면 그 시인이 다시 돌아올지도 몰라요

일을 마치고 돌아오는 늙은 아이들에게 새 영혼을 달아줄 반달곰이나 순록이나 이 모든 세월의 짐승들이 절벽에다 도서관을 짓는 나날이 곧 올 거예요, 절벽 단면에 새겨진 지구의 역사도 그 역사를 증명할 둥근 귀 모양처럼 생긴 고대 달팽이들도 도서관에서 다시 우주를 여행할 계획을 세우지 않을까요, 그때가 되면 서브웨이에서 저녁을 맞이하던 우울한 과일 주스들도 나무에게로 돌아가서 익어서 늙어 땅으로 떨어지겠지요, 그러니 그때까지 빛의 짐승, 거짓 믿음의 독자들이여 안녕, 빛의 짐승이라는 시집 표지에 박힌 제임스 쿡의 사진도 안녕

문장의 방문

아직 아무도 방문해보지 않은 문장의 방문을 문득
받는 시인은 얼마나 외로울까,
문득 차 안에서
문득 신호등을 건너다가
문득 아침 커피를 마시려 동전을 기계 속으로 밀어넣다가
문장의 방문을 받는 시인은 얼마나 황당할까?

아주 어린 시절 헤어진
연인의 뒷덜미를 좁은 골목에서 본 것처럼
화장하는 법을 잊어버린 가난한 연인이 절임 반찬을 파는
가게 등불 밑에 서서
문득, 그 문장의 방문을 받는 시인은
얼마나 아릴까?

가는 고둥의 살을 빼어 먹다가
텅 빈 고둥 껍질 속에서 기어나오는
철근 마디로만 남은 피난민 거주지
다시 솟아오르는 폭탄을 보다가
문득, 문장의 방문을 받는 시인은
얼마나 쓰라릴까, 혹은

부드러운 바위를 베고 아이야 잘자라, 라는
노래를 하고 있던 고대 샤먼이

통곡의 거리로 들어와
부패한 영웅의 사진을 들고 걸어가는 것을
보면서 옛 노래를 잊어버린 시인이
그 문장의 방문을 받을 때
세계는 얼마나 속수무책일까?

빌어먹을, 차가운 심장

이름 없는 섬들에 살던 많은 짐승들이 죽어가는 세월이에요

이름 없는 것들이지요?

말을 못 알아들으니 죽여도 좋다고 말하던
어느 백인 장교의 명령 같지 않나요
이름 없는 세월을 나는 이렇게 정의해요

아님, 말 못하는 것들이라 영혼이 없다고 말하던
근대 입구의 세월 속에
당신, 아직도 울고 있나요?

오늘도 콜레라가 창궐하는 도읍을 지나
신시(新市)를 짓는 장군들을 보았어요
나는 그 장군들이 이 지상에 올 때
신시의 해안에 살던
도롱뇽 새끼가 저문 눈을 껌벅거리며
달의 운석처럼 낯선 시간처럼
날 바라보는 것을 보았어요

그때면 나는 당신이 바라보던 달걀 프라이였어요
내가 태어나 당신이 죽고

죽은 당신의 단백질과 기름으로
말하는 짐승인 내가 자라는 거지요

이거 긴 세기의 이야기지요
빌어먹을, 차가운 심장의 이야기지요

풍장의 얼굴

한 여자가 거리에 서 있다 신호등을 건너기 위해서 그녀가 입은 붉은 재킷, 숲 한 채가 그녀의 등에 앉아 있다 미진하다 아직 저 욕망이 그녀를 풀어놓을 때까지 한 두릅의 숲이 더 있어야 한다 울고 가는 기러기들의 나날 밥을 먹는 식구들에게는 더이상 입이 없다 아아 망해버릴까, 고 신호등은 여자에게 말을 걸었다

아직 아직은 아니에요
이 도시에 당신의 얼굴이 돋아나요
저 창문에는 커다란 플라스틱 팔찌를 낀 아가들이 커튼처럼 걸려 있어요
사랑해요, 아직은 아니에요

한 남자가 거리에 서 있다 서울로 온 지 삼십 년이 된 남성에게 이제 더이상 갈 곳은 없다 비행기를 타고 공항을 빠져나오면 허공이었고 아론 시럽을 아침마다 실어날랐던 단풍나무는 어디에도 없이 허공을 빠져나오니 또 공항이 있었다 아아 네 귀를 열어 엉뚱한 만화들을 집어넣을까 헤엄치는 집이 있는 해안을 지나 얼음이 녹아가는 북극에서 같이 녹아버릴까, 고 언뜻 전광판을 바라본다

아직 아직은 아니에요
헐떡거리며 지나가는 버스를 보아요

난국의 테러리스트들이 전범의 손을 머리에 달고 저 버스를 폭파해버릴 거예요
인권 운동가들을 불 속으로 집어던져버릴 거예요

신문이 좌판에 꽂혀 있다 몸에 칼을 꽂은 신문들, 경계경비를 서던 붉은 남자들이 가두어져 있는 곳, 중환자실로 피를 보내는 곳, 숲으로 숲으로 지폐를 보내는 곳, 난민수용소로 어여쁜 배우를 보내는 곳, 돌멩이를 던져 신문의 심장을 깨고 싶다, 고 동물원에서 원숭이가 모스부호로 타전을 보내는 곳

아직 아직은 아니에요
낯선 곳을 지나온 바람들이 더 낯선 곳으로 가요
이 지구에 있는 낯선 곳, 그곳은 당신의 심장이지요
사랑해요, 심장을 닫아두세요

영구차가 지나가면서 찌르레기 떼들을 성자들이 사는 탑으로 부려놓는다 도시의 차들이 내뱉는 숨보다 더 많은 검은 탄산 가루 같은 새 떼들 도시에서 사는 늑대들이 폐차장에서 놀고 있다 헌 바퀴에서 캉충, 나무들이 솟아나오고 있다 삶겨진 이파리들, 이빨을 단 이파리들, 이빨을 갈며 다 잡아먹어버릴거야! 그리고 어깨를 들썩이며 뒷모습을 보이며 우는 이파리들

내 기타는 너를 먹고 유순해져요
내 기타는 9월이 지나야 잠을 깨지요*
내 기타는 피아노와 함께 술을 마셔요
내가 취한 게 아니라 내 피아노가 취한 거,* 라구요

주) * 1. Green Day, <Wake me up when September ends>에서 변형함
2. Tom Waits, <The piano has been drinking>

1982년 바다를 떠나며

우리들이 출생했을 때 전쟁은 겨우 십여 년 전 일, 우리는 집에서 태어난 자

전쟁이 아직 만성질환의 징후에서 벗어나지 못한 겨울 그리고 봄 가을 저 차가운 땅에 묻는 계절에 우리는 유년을 맞았네 땅이 눈물처럼 머금고 있던 지뢰와 산산이 흩어진 팔다리 사이에서 우리는 사금파리를 찾았네 그리고 우리가 사춘기에 들어섰을 때

아무도 우리들의 사춘기를 알아차리지 못해서 프로레슬러의 박치기처럼 즐거웠네 저녁 밥상으로 올라온 생선과 채소와 소금 서둘러 뜬 달의 궁전이 가득한 국을 들이키며 우리는 우리가 단 한 번도 건설하지 못할 제국의 깃발을 생각했네

어둠이 내리지 않은 밤 입구에서 우리들의 읍성을 생각했네 읍성의 해자와 옹벽을 생각했네
불면증에 걸린 새들은 깊은 남쪽으로 날아갔네

아이를 낳지 못하던 선배와 그 선배의 아내가 끓이던 들깻가루가 가득한 미역국 무기 없는 성 같은 그 미역국을 한 모금 넘기자 그렇게 평화롭던 제국, 그 안에서 단 한 번만 살아보았음 싶었네 바다를 지나서 얌 뿌리를 먹고 사는 키 작

은 사람들을 만나보고 싶었네

들깻가루의 미역국 속에서는 태어나지 못한 아기들의 별이 떴네 별은 아주 조심스럽게 우리들을 버렸고 버려졌으니 삶은 다시 시작하는 거 아냐며 노랗게 피어나던 구황작물의 구불거리는 길이 아스피린처럼 쓰린 저녁에 펼쳐졌네(감자 덩굴에서 일어나던 슬픔의 회오리를 감당할 수 없어 감자를 익히면 빛나던 그의 살에서 빛이 나올지 울음이 나올지 아무도 몰라서 인간의 손에는 익지 않은 감자의 노을, 그 먼지만이 일렁였어)

이름 없는 여자가 물질을 해서 고무 다라이까지 들여놓던 남해 바다 알큰한 개불의 꿈, 죽음처럼 말갛게 다가오던 절인 생강의 바다에 아련하게 떠오르던 물미역 같은 어둔 소녀들도 있었네 아직 말을 찾지 못하는 사람에게는 돌아오지 않는 고향과 같은 얼굴을 한 소녀들이었네

늦은 밤 새의 얼굴을 가진 바람이 불 때 뱀의 머리칼을 한 한 여가수가 울었네 저 배에 실린 군인이 만에 도착할 때까지 여가수는 배 뒤를 따르며 다시 시작하는 태양에 대해서 노래했네 배가 저 만에 도착하고 만이 군인들을 맞이하는 순간 집에서 태어난 우리들은 꿈꾸었던 모든 제국을 버리고 집을 떠날 것이네

아주 오래된 미래를 향한 모든 꿈은 악몽이었지 우리는 집에서 태어났으나 집이 없었네

그해 군인들로 가득한 해변에 두고 온 꿈 때문에 우리는 아주 오랫동안 조금 잠을 자면서 얻어맞는 곰처럼 울었네

여기는 이국의 수도

여기는 이국의 수도
울지 마 울지 마 결혼반지 잃어버린 육십 넘은 동백꽃처럼 울지 마
울지 마 울지 마 내일 헐려나갈 천년 넘은 집처럼 울지 마
울지 마 울지 마 십수 년째 거짓말만 하고 있는 시인처럼 울지 마
울지 마 울지 마 이런 것도 눈 감는 거라고 이 대륙에서 저 대륙으로 건너가는 철새처럼 울지 마
울지 마 울지 마 포유류와 조류의 갈림길에서 어류와 갑각류의 갈림길에서 중세와 르네상스의 갈림길에서 언제나 틀린 결정만 해온 존재처럼 울지 마 울지 마 울지 마

여기는 이국의 수도 비가 온 지 십 년도 넘어되었다네
이 도시의 연인들은 헤어진 다음에야 결혼하지
이 도시의 제사장은 아들을 위해 물속으로 들어가고
제 시체가 물에 떠오를 때까지 기다린다네
푸른 구역에는 대추야자나무들 거꾸로 서 있고
내 아들은 무죄, 무죄, 라고 아비의 시체는 말하네
아무리 내가 저 몸을 이 생으로 삼고 있지만 저 몸이 죽은 후
물에 떠오를지 아닐지 내가 어떻게 알겠는가 그리하여
이국의 수도에서 제사장은 언제나 유죄

내가 살아 있어 당신이 날 사랑해
당신이 살아 있어 나는 당신을 예뻐해
저 멀리 스텝을 열어 스텝의 극악한 심장을 열어 잊혀진 문명을 보여줘
어머 어머, 이런 망할 것 이런 것이 여기에 있다니 유죄
양고기 국물을 마시는 몸엔 무속이 깃들고
그러다 세상의 모든 죄를 사하겠다는
허영의 마술도 나오고 그러다
그 마술에 덴 몸은 얼마 남지 않았다, 라는
누군가의 말이 떠오르는데

울지 마 울지 마
여기는 이국의 수도 오늘 시장에 폭탄이 터지지 않으면
내일 이 시장엔 오렌지를 가득 실은 수레가 온다네
그러니 그러니 울지 마 울지 마
당신을 버린 내가 성문 앞에 앉아 이름은 잊혀진 나물을 캐고 있다 해도
내가 버린 당신이 성 안에 앉아 그 나물에다 법전을 고명으로 식은 국수를 드신다고 해도

이를 닦는다

언제나 그랬듯 이 밤에도 자기 전에 이를 닦는다
이 사이를 지나가는 컴컴한 산맥과 호수
처량하게 맑은 해안 붉은 꽃의 오후
차갑게 흐느끼는 물고기의 울음 취한 포도의 햇살
이 모든 것과 그들 사이에 존재하는
바이러스를 없애려고 쓱쓱 이를 닦는다

언제나 그랬듯 이 밤에도 자기 전에 이를 닦는다
이 사이를 지나가는 역사를 적는 자의 불면과
불길하게 기분 좋은 정치하는 사람이 네오콘의 네온으로 켜지는 사거리의 신호등
수용소 노래방 문이 닫힌 우체국 아메리칸 프리 스타일 뱅크
향긋할 것도 더러울 것도 냄새 날 것도 없는
날것과 익힌 것 들끓는 매운탕의 용암도 미나리의 슬픈 푸른 눈도
그저 그런 순간인 듯 쓱쓱 닦아버린다

발암물질로 칠해진 장난감 자동차와 카리브 해의 해적들
거리를 지키는 창녀와 난동꾼들 마약 거래자들이 파는 불꽃놀이 미래
월급 복락 자연 발전 진보라는 말 우울증에 걸린 세균학자의 침대 밑에

쌓인 지옥도 이제 녹아 없어진 북극의 얼음 세계 대양을 흐르는 얼음을
쓱쓱 닦아버린다

차가운 시인 북극 얼음물을 타고 얼음의 영혼 여행을 노래하는 거지
별 없는 밤하늘에 당신을 묻고 차가운 물의 노래를 부르는 가수를
지우기 위해 그 사이에 어슬렁거리는 바이러스를 지우기 위해
쓱쓱 이를 닦는다

동굴의 붉은 벽화 먼 짐승의 이빨 사이로 흘러가던 시간도 닦아버린다
사랑도 전설도 영웅신화도 닦아버린다 신도 짐승도 눈물도 닦는다

그렇게 오래 이 닦어? 그만 나와 오줌 마려!

그래그래, 오래 걸렸어 잠시만, 잠시만! 아직, 닦지 못한 이에서 새어나오는 말

언제나 그랬듯 잠이 들기 전에 서둘러 서둘러

멕시코 슬럼에 산다던 신종플루 0번 환자도 닦아버린다
맹물로 헹구고 잠자리로 들어가려는 밤도 닦아버린다
거대한 칫솔만이 우물 안에 걸려 있던 꿈도 닦아버린다
깨끗하다 나의 이는
깨끗하다 나의 잇몸은
깨끗하다 나의 혀는
내일 아침까지 모든 악몽과 사랑이여 영원히

고향

시간의 물웅덩이에 잠자리가 잠깐 앉았다
시간의 가슴 깊이에서 동그라미가 생겨났다

아직 집으로 가지 못한 사람들이 물웅덩이에 서서
가녀린 동그라미를 들여다보았다

고향에 어린아이가 태어났다
다들 아는 그 아이의 얼굴을

아는 사람은 아무도 없었다
방아 잎 냄새가 났다

천년고도의 몸 냄새였다 해골의 노래였으며
몸의 춤이었고 숨이었다

내가 생애 동안 해온 모든 배반의 시작이었고
거짓의 모태였고 그리고 아직도 내가 알 수 없는 먼 죽음의 시작이었다

이 천년의 지루한 탱고를 위하여
비 내리는 작은 오후를 영광처럼 바라노니
아, 고향에는 백석 풍으로 국 끓이는 호박 얼굴을 한 여자가 살고 있을 터이다

사탕을 든 아이야

아이야 사탕을 든 아이야 먼 옛날, 추억의 고무신 공장이 문을 닫던 날, 추운 골목길에서 사탕을 입에 넣고 울던 아이야 나는 너의 미래야 미래의 사랑이야 미움이야 아이야

나는 알아, 그 사탕은 너의 마지막 사탕이었다는 걸, 그 다음 네가 먹었던 이 세상의 모든 사탕은 불법이었어 그래, 사탕 안에 들어 있던 건 진흙으로 만든 집이었지, 그 집은

방랑가수를 위한 공연장이었고 하지만 너의 미래인 나에게는 삶의 터전이었어 여의도 근처에서 밥을 벌 때 벌건 태양은 은행과 증권거래소에만 빛을 주었지, 빛이 들어오지 않는 마지막 그 골목에서 차오르는 눈물을 삼키면서 남몰래 흐르는 노래를 부를 때,

그 여름에 사탕을 문 아이를 싣고 떠났다 돌아오지 않은 정치가가 너의 미래였어 정치가가 남긴 신발 한짝이 우리의 미래였어

나는 돌아오지 않았으면 하는 순간마다 새로운 얼굴이 내 앞에 나타나는 것을 느끼지, 울지 마 울지 마, 라고 누가 말할 때마다 새로 돋은 잎들이 울잖아 떨면서 지잖아 아이야,

나는 너의 미래였어, 어둔 골목길 불 밝힌 상점 앞에서 극

렬한 도둑질을 하고 싶은 고양이 같은 나는 너의 과거였어

발문

나비와 잠자리 사이 : 시를 쓰는 마음에 관하여

서영채(문학평론가)

허수경의 다섯번째 시집 『빌어먹을, 차가운 심장』의 시편들을 미리 읽게 된 것은 우연이었다. 그 우연은 내게서 천천히 멀어져가고 있는 그네와도 같았다. 돌아올 궤적과 속도를 예상할 수 있어 피할 수도 있었던, 혹은 피하려면 피할 수 있었다고 지금 내가 생각하고 있는 그런 종류의 우연. 그러나 나는 결국 돌아오는 그네에 올라타게 되었다. 올라타게 되었다는 것은 물론 매우 점잖고 순화된 표현이다. 실은 내가 지금 어떤 자세로 그 그네에 실려 있는지조차 알 수가 없다. 하나 분명한 것은 내 몸과 마음이 허수경의 시가 이끄는 대로 그저 흔들리고 있다는 것이다.

하지만 그런 현기증은 어쩌면 허수경이라는 어떤 특정한 시인의 시 때문이 아니라, 서정시라는 물건 자체에서 비롯되는 것일 수도 있겠다. 허수경의 시가 그런 서정시의 속성을 새삼스럽게 일깨워주었기 때문이라고 해도 마찬가지 말이겠다. 어쨌거나 분명한 것은, 나는 허수경이라는 시인의 시를 읽었다는 것, 그리고 울렁거리고 메슥거리는 마음이 지금 내 몸 안에 있다는 것이다. 그 울렁거림! 한때는 나를 사로잡고 있었고 또 내가 기꺼이 그 손아귀에 사로잡히고 싶었던, 그러나 언제부턴가 가능하면 피하고 싶었던 그 울렁거림. 허수경의 시를 피하고 싶었던 것은 아마도 내가 그 존재를 예상할 수 있었던 바로 그 울렁거림 때문이었을 듯싶기도 하다.

서정시가 사람들에게 주는 현기증이나 울렁거림에 관한

한, 속 시원한 대답이 있기는 어렵다. 예컨대, 그런 울렁거림의 정체는 무엇인가, 그것은 어디서부터 유래한 것인가 같은 질문들이 그렇다. 우리에게 가능한 것이 있다면, 시를 읽으며 가슴이 울렁거림을 느끼고, 그것도 울렁거림에 관한 자기 확신의 단계에 도달한 것도 아닌 채로 다만 내가 시를 읽으니 기분이 좀 묘하다, 내 마음이 요새 뭔가 잘못되었던 것이 아닐까, 혹은 시라는 물건이 본디 좀 유해하거나 유독한 것이 아닐까 하는 등의 매우 주관적인 느낌을 갖는 정도가 통상적이겠다. 그런 것이 시에 관한 우발적 독자들의 평균적인 반응이 아닐까 하는 것이다. 좋다 나쁘다의 차원은 물론 그다음일 것이다. 내 울렁거림도 말하자면 그런 정도의 것이었던 듯싶다.

하지만 대체 무엇이 내 마음을 울렁이게 만들었는지에 대해서라면, 내 앞에 허수경의 시편들이 있으므로 조금은 더 짚어가며 따져볼 수는 있겠다. 물론 앞서도 말했지만 그것은 어떤 특정한 시편이나 구절에 대한 반응이라기보다는 서정시라는 물건 자체에 대한 반응이었기가 쉽다. 고백하자면, 나는 오래전부터 시를 정면으로 바라보지 않았었다. 바라보지 못했다고 말하는 편이 좀더 옳을 것 같기도 하다. 시를 읽는 일 자체가 힘들었다. 그 짧은 글을 읽는 것이 뭐가 힘들다는 것이냐고 묻는다면, 시를 읽는 일 자체가 정서적으로 편치 않았기 때문이었다고 할 수밖에 없다. 시에 대한 너의 자의식이 너무 지나친 때문이 아니냐고, 글을 쓰며 이십대를 함께 보낸 친구들이라면 아마도 이렇게 나를 힐난할 수도 있겠다. 다른 예술 작품들은 좋으면 좋은 대로 나쁘면 나쁜 대로 덤덤할 수 있는 마음이, 왜 시에 대해서만은 그렇게 각박하고 예민해야 하는가. 이런 반문에 대해서도 나는 제대로 반박할 수가 없다. 단지 시를 읽기가 힘들었고 그래서 읽기 싫었을 뿐이라며 그저 고개를 젓는 정도이다. 물론 나의 이런 반응은 시 읽기가 왜 싫은 건지조차 따져보고 싶지도 않다는 것이므로, 전형적인 회피 이상의 것일 수는 없다.

오랫동안 지속되어온 이런 마음이 있었기에, 허수경의 시가 좀더 강도 높은 현기증으로 다가왔는지도 모르겠다. 물론 그동안에도 나는 간간이 서정시의 습격을 받곤 했었다. 활자를 읽고 노래를 들으며 사는 이상 그것은 피할 수 없는 것이기도 했다. 설사 읽고 듣는 일이 아니더라도 세간을 떠나지 않는 이상, 누군들 서정의 세계와 단절되어 살 수 있겠는가. 게다가 막다른 길에서 맞부딪친 시인이 허수경 같은 이이라면, 빠져나갈 수 있는 길이 많지는 않다. 내가 아는 한, 허수경은 시인 같은 시인, 전형적인 청승의 시인이었기 때문이다.

허수경은 첫 시집 『슬픔만한 거름이 어디 있으랴』를 낸 이십대에 이미 늙어 있었다. 그의 시집 자체가 증거 자료이므로 서슴없이 그렇게 말해도 좋을 듯싶다. 그런데 그런 조로와 청승이야말로 서정시의 본령이라 할 수는 없을까. 이를

테면 허수경이 첫 시집에 실려 있는 첫번째 시 「진주 저물녘」에서 주모가 되고 싶어하는 자신의 마음을, 혹은 그 자신이 이미 주모의 마음임을 만천하에 공개했을 때,

기다림이사 천년 같제 날이 저물세라 강바람 눈에 그리메지며 귓볼 불콰하게 망경산 오르면 잇몸 드러내고 휘모리로 감겨가는 물결아 정이 든 고향 찾아올 이 없는 고향
문디 같아 반푼이 같아서 기다림으로 너른 강에 불씨 재우는 남녘 가시나
주막이나 차릴거나
승냥이와 싸우다 온 이녁들 살붙이보다 헌칠한 이녁들
거두어나지고
밤꽃처럼 후두둑 피어나지고

—「진주 저물녘」 전문

와 같은 구절들이 겨냥하고 있는 것이 그런 것은 아닐까. 이때의 허수경은 이십대의 여성이었다. 그러니 젊고 멋진 전사들을 품고 싶다는 마음이야 당연할 것이지만, 그 품는 자세가 주모의 것이라면 좀 남다를 수밖에 없다. 청춘의 새침함을 떠나야 가능한 것이 주모의 세계이기 때문이기도 하지만, 대상 선택에 따르는 성적 긴장의 차이를 많은 부분 반납한 채, 조금 과장해서 말하자면 우주의 마음이라고도 해야 할 어떤 무차별의 세계를 표상하는 것이 주모의 마

음이기 때문이다. 서정시가 세계의 모든 것을 자기 속에 품어 안는 것, 혹은 세계 전체에 자기 마음을 뒤집어씌워버리는 것이라 한다면, 여자의 늙은 마음으로서의 주모의 마음이란 그런 것의 본령에 매우 가까이 있는 것이라 할 수 있지 않을까.

하지만 이 시에서만 하더라도 허수경의 시의 몸은 진주에 있었다. 그래서 허수경은 진주를 고향이 아니라 진주라고 부를 수 있었고, 이 시에서 등장하는 고향이라는 말도 “정이 든 고향 찾아올 이 없는 고향”에서와 같이 찾아가야 할 대상이 아니라 찾아와야 할 대상으로 자리잡고 있다. 그러나 몸이 진주를 떠나지 않았던 이즈음의 허수경은 어쩌면 절반쯤만 시인이었던 것이 아닐까. 마음의 센티멘트를 한꺼번에 끌어올려 우주를 향해 일시에 내뱉어버리는, 아무런 기교도 필요 없는 진짜 시인의 발성에는 도달하지 못했던 것이 아닐까. 주모가 되고 싶다는 마음에는 공감하면서도 이 시에 등장하는, 자신이 사투리임을 강하게 주장하는 ‘문디’나 ‘이녁’ 같은 전형적인 사투리들이 나는 마땅치가 않았었다. 그러나 진주를 진주라고 부르지 못하는 상태의 시라면 어떨까. 다섯번째 시집 『빌어먹을, 차가운 심장』에서 허수경은 「고향」이라는 제목으로 이렇게 쓴다. 여기에서 문제가 되는 것은 진주가 아니라 고향이다.

시간의 물웅덩이에 잠자리가 잠깐 앉았다

시간의 가슴 깊이에서 동그라미가 생겨났다

아직 집으로 가지 못한 사람들이 물웅덩이에 서서
가녀린 동그라미를 들여다보았다

고향에 어린아이가 태어났다
다들 아는 그 아이의 얼굴을

아는 사람은 아무도 없었다
방아 잎 냄새가 났다

천년고도의 몸 냄새였다 해골의 노래였으며
몸의 춤이었고 숨이었다

내가 생애 동안 해온 모든 배반의 시작이었고
거짓의 모태였고 그리고 아직도 내가 알 수 없는 먼 죽음의 시작이었다

이 천년의 지루한 탱고를 위하여
비 내리는 작은 오후를 영광처럼 바라노니
아, 고향에는 백석 풍으로 국 끓이는 호박 얼굴을 한 여자가 살고 있을 터이다

—「고향」 전문

「고향」에서 시인은 「진주 저물녘」의 경우와는 대조적으로 고향을 떠난 존재이다. 그래서 여기에서 고향이라는 단어는 추상성의 영역에 등재된다. 그냥 물웅덩이가 아니라 "시간의 물웅덩이"라 표현한 첫 구절에서부터 그런 추상성은 단박에 드러난다. 동그라미가 생겨난 것도 그냥 가슴이 아니라 "시간의 가슴"이라 했다. 이런 구절들이 아니더라도 시의 구성 자체가 추상적일 수밖에 없음은 「고향」이라는 시의 제목 자체가 보여준다. 진주도 경상도도 한국도 아닌, 고향이라는 단어의 압도적인 추상성이 시 전체를 감싸고 있는 것이다. 고향이라는 말은 그곳을 떠난 사람들만이 실감나게 쓸 수 있는 말이다. 시인 허수경의 고향은 진주이지만, 고향이라는 단어와 진주라는 지명이 정확하게 겹쳐질 수 없다. 이것이 단지 일반명사와 고유명사의 불일치를 뜻하는 것만은 아니다. 오히려 고향이라는 단어가 지닌 특수성의 발현이라 함이 좀더 적절해 보인다. 어떤 지명이건 고향이라 불리는 순간 그것은 이미 그것 이상이거나 이하의 것이 된다. 일찍이 정지용이 썼듯이, "고향에 고향에 돌아와도 그리던 고향은 아니러뇨"라는 것이 고향의 속성이기 때문이다.

허수경에게도 사정은 마찬가지다. 그가 진주로 돌아간다고 해도, 설사 그곳 천년고도에서 방아 잎을 넣고 국을 끓이고 있는 호박 얼굴을 한 여자를 눈앞에서 생생하게 목격한다 해도, 시인 자신이 그런 여자가 된다 해도, 그곳은 결

코 진짜 진주일 수도 고향일 수도 없다. 그것이 고향이라는 말의 생리이다. 부정적인 장소, 외부적인 장소로 존재할 수밖에 없는 곳, 그곳이 고향이다. 말하자면 허수경에게 진주는 진주가 아니라 고향일 때 비로소 진주다울 수 있는 셈이지만, 그러나 그 진주다운 진주는 세상 어디에도 존재하지 않는 곳이며, 오로지 잃어진 곳으로서만, 내가 꿈꾸었던 곳은 이곳이 아니었다는 탄식으로서만 존재할 수 있는 장소인 것이다. 그곳이 곧 고향으로서의 진주이다. 그러니 그런 불일치로서만 실재하게 되는 삶의 현재성을 바라보게 되면 그 어떤 것도, 그 속에 깃들어 있는 어떤 힘도, 그저 천년의 탱고처럼 지루할 뿐이고, 또한 사정이 그러하니, 비 내리는 작은 오후반으로도 일마든 영광일 수 있는 것이 아니겠는가. 그래도 남는 것이 있다면 내 고향이 고향답기를 바라는 마음, 그래서 어쩔 도리 없이 사치스러울 수밖에 없는 마음이 아니겠는가.

이런 점에서 보자면 나비의 행로를 좇다가 문득 눈에 차오르는 눈물도 예사롭지가 않다. 이 시집의 절편 하나를 뽑아보자.

저녁에 흙을 돋우다가 나비를 보았네
저녁에 흙을 부드럽게 만져
막 나오는 달리아를 편하게 하려다가
나비를 보았네

나비가 날아가는 곳을 멍하니 보는데
턱 허니 의젓하게 차오르는 눈물

언제부터인가
야간등을 단 밤하늘의 비행기를 보면
무슨 이 지상에서 살아남을 권리이듯
눈물이 의젓하게 차올랐네

저 안에 마늘쪽같이 아린 집이 있어
야간등을 달고 나비들은 그 곁을 지나는지도 모른다

나비가 저녁 햇살로 사라지는 것을 보면서
잠자리가 아니어서 다행이다, 라고
생각하기도 했네

여린 빛마저
울음 오므리듯 투과하는 날개를 가져서
어떡할 것인가

—「저녁에 흙은 돋우다가」 전문

여기에서 나비는 야간등을 단 밤하늘의 비행기와 연결되어 있다. 시인 허수경이 현재 한국을 떠나 독일 생활을 하고 있다는 사실 정도만 아는 사람이라면 이런 시를 쓴 마음을 어렵지 않게 이해할 수 있겠다. 그의 눈에 눈물이 차오르게 하는 것은 나비가 아니라 사실은 비행기라는 것이다. 그 비행기가 표상하는 고향으로 가는 길이라는 것이다. 그러나 과연 그뿐일까. 나비 뒤에 밤 비행기가 있지만 그 뒤에는 또 잠자리가 있지 않은가.

허수경은 이 시에서 "눈물이 의젓하게 차올랐네"라고 썼다. 차오르는 것은 슬픔이 아니라 눈물이라 했고, 또 그 차오름을 가리켜 의젓하다고 표현했다. 슬픔이 마음속에 있다면 눈물은 몸의 영역이다. 마음은 자기 것이라고 해도 좋을 것이되 몸은 그렇지 않아서 오히려 빌려 쓰는 것에 가깝다고 해야겠다. 그런데 마음보다 먼저 움지이는 몸이라면, 슬픔보다 먼저 차오르는 눈물이라면 어떨까. 그것을 의젓하다고 표현하는 마음이라면 또 어떨까. 안와와 안구 사이로 차오르다 마침내 비어져나오는 체액으로서의 눈물이 있다. 그것은 마음과는 무관하게 움직이는 몸의 흐름을 보여준다. 몸이 먼저 움직이고 그 움직임을 보며 마음은 비로소 제 본디 모습을 깨닫게 되는 것이다. 그래서 몸의 언어로서의 눈물은 흡사 제 것이 아니라 다른 독립한 존재인 듯, 자식이나 손자나 강아지나 마당에 핀 꽃인 듯 놀랍고 기특하고 그래서 의젓하게 느껴지는 것이 아닌가.

나비나 비행기가 표상하는 슬픔에 너무도 익숙해져서 언제부턴가 그것을 짐짓 모르는 척했던 마음, 혹은 그런 슬픔을 지닌 채로 사는 일이 힘겹기에 저 밑에 보이지 않는 곳으로 눌러놓았던 마음, 그러다보니 어느덧 정말 슬픔도 슬픔이 아닌 것처럼 되어버린 마음이 있다. 하지만 그런 마음의 행로와 무관하게 움직이며 오히려 마음의 무의식을 깨우쳐주는 몸의 흐름이 있는 것이다. 그러니 그런 몸의 표상으로서의 눈물이란, 마음이 눈감아버린 슬픔을 일깨워주는, 이를테면 발끝에서 안와 바로 밑까지 가득 차 있으면서도 그 위로는 솟구치지 않고 있어 미처 깨닫지 못하던 슬픔의 존재를 상기시켜주는, 그 어떤 마중물 같은 것이 아닐 것인가.

또 허수경은, 저녁 햇살 속으로 사라지는 것이 나비라서, 그것이 잠자리가 아니라서 다행이라고 했다. 잠자리의 돌연한 출현이 단순히 상투적인 시적 코다(coda)만은 아니어 보이는 까닭은, 앞에서 인용한 시 「고향」에 잠자리가 등장해서만은 아니다. 잠자리의 반투과성 날개가 표상하는 슬픔이란 아마도 밤 비행기나 나비가 표상하는 슬픔과는 다른 차원의 어떤 것이 아닐까. 말하자면 단순한 향수의 차원만은 아니지 않을까 하는 것이다.

예를 들자면, 김소월의 「엄마야 누나야」와 같은 경우가 그런 것이 아닐까. 소월이 바라는 강변 살이, 갈잎의 노래와 금모래로 둘러싸인 집이 있고 게다가 엄마와 누나가 함께 살 수 있는 강변 살이란 원천적으로 불가능한 것임은 조금만 뜸을 들이면 누구나 알 수 있다. 하지만 그 불가능함 자체가 이 시의 정서적 배경이 되는 것이 아닌가. 불가능함이라는 검은 배경이 있어 강변 살이에 대한 희구와 바람은 더욱 환하게 솟아나는 것이 아닌가. 설사 고향이 강변과는 무관한 사람이거나 누나도 엄마도 없이 자란 사람일지라도, 어쩌면 그렇기 때문에 더욱더 절실한 마음으로, 시를 접하는 순간 너 나 없이 맞닥뜨리게 되는 것이 바로 그런 바람이 아닌가. 요컨대 그 바람은 불가능한 꿈에 대한 그리움의 차원에 있는 것이다. 그리고 그런 강변 살이가 표상하는 상태에 대한 바람과 그리움은, 잠시 그 꿈의 불가능함을 잊은 채 그 속에서 자신이 희원하는 환상을 떠올리게 되고 그러나 이내 상기되는 그것의 불가능함 때문에 마음을 스쳐가는 어떤 아림 같은 것이 느껴질 때, 그 꿈의 불가능함을 감내할 수밖에 없는 사람의 슬픔이 된다. 그런 슬픔이라면 어떨까. 분노처럼 격하고 탁한 것이기보다는 비애처럼 투명하고 맑은 쪽에 가까울 것이다. 그런 슬픔이라면 잠자리의 날개로 표현될 수 있는 어떤 것이 아닐까.

허수경의 잠자리는 아마도 그런 슬픔의 표상이겠다. 좀더 정확하게 말하자면 잠자리가 슬픔의 표상이라기보다는, 허수경의 슬픔은 나비와 잠자리 사이에 가로놓여 있다고 해야 할지도 모르겠다. 옛집에 가고 싶고 옛 친구와 가족들을 만나고 싶어하는 매우 실제적인 그리움이 한편에 있고, 그러나 결국 그런 그리움을 현실화하는 것이 종국적으로는 내 마음의 빈 곳을 채울 수 없으리라는 생각, 내가 그리워하는 사람을 내가 원하는 방식으로 원하는 양만큼 만나는 것은 불가능하다는 생각, 내 그리움은 끝내 채워질 수 없으리라는 종국적인 체념의 심사가 다른 한편에 있다. 나비는 야간등을 달고 고향을 향해 가지만, 나비 아닌 잠자리는 고향 없는 존재이며 자신의 집을 지상이 아닌 어느 곳에도, 그곳이 천상이든 지하이든 내가 도달할 수 없는 어떤 곳에 지니고 있는 존재이다. 그러므로 야간등을 켜고 날아가는 비행기를 둘러싸고 벌어지는 나비와 잠자리의 분리는 진주와 고향의 분리와도 같은 것이라서, 이런 분리는 양극을 두 개의 기둥으로 하여 거미줄과도 같은 정서의 망을 만들어낸다. 그것을 우리는 향수라 부를 수도 있고, 그리움이나 비애나 슬픔이나 회한 등등, 무슨 말로 불러도 무관하다. 또한 이런 양상에 대해, 실향에서 비롯된 향수와 원초적 고향 상실로 인한 근원적 향수의 분리라고 불러도 좋겠다. 어떻든 중요한 것은 그런 분리를 통해서 형성되는 정서의 망이 있다는 것이다.

그런데 그런 정서의 망이란 무엇인가. 그것의 실체성을 확인할 수도 없는데 무엇 때문에 그런 것을 가상해야 한다는 것인가. 어쩌면 이런 질문 자체가 그 망의 존재 이유를 말해주는 것일지도 모르겠다. 그것은 요컨대 우리 마음의 어떤 보호막과도 같은 것일 텐데, 이렇게 가상해보면 어떨까. 그 망 너머에는 이름 붙이기 어려운 어떤 무시무시한 것이 있다. 잠자리의 고향에 있는 그 무엇, 천상이거나 지하거나 우리의 삶의 원리나 정서의 한계 너머에 있는 그 무엇, 우리가 그것을 보거나 겪어버린다면 더이상 우리 마음의 삶뿐 아니라 몸의 삶도 불가능하게 될 그 무엇이 있다. 그것은 아마도 삶 그 자체의 통렬한 허무감과도 같은 것이겠다. 물론 중요한 것은 그것을 아는 것이 아니라 그 정체를 느끼는 것이다. 우리가 시를 통해 감각하게 되는 거미줄 같은 정서의 망이란, 바로 그 무시무시한 어떤 것으로부터 우리를 차단시켜주는 보호막으로 자리잡고 있다. 이를테면 아름다운 강변 살이가 이제는 불가능하기 때문에 느끼는 슬픔이라면 그것은 감당할 수 있을 정도의 것이다. 누구나 그 정도의 슬픔이나 비애는 안고 살아가는 것이므로. 하지만 그런 강변 살이가 가능한데도 느끼는 슬픔이 있다면 어떨까. 그건 매우 난처한 것이 아닌가. 고향을 떠났기 때문에 느끼는 슬픔도 마찬가지다. 진정으로 위험한 것은 고향을 떠났을 때가 아니라 고향에 돌아와서 느끼는 슬픔이다. 여기에는 대책이 없다. 요컨대 나비의 슬픔은 감당해야 하는 것이고, 잠자리까지는 감당할 수 있되, 그 너머는 차원이 다른 것이다.

허수경이 잠시 마음속으로 그려본 잠자리란 그 무시무시한 세계로부터 날아온 위험의 신호였을지도 모른다. 그러나 그런 위험 신호를 감지할 수 있는 것은 제대로 된 시인의 능력이지 않을까. 잠자리를 볼 수 있는 눈이 있어서 비로소 거미줄 같은 정서의 망이 직조되고, 잠자리와 나비 사이에 형성된 그 망 위에서 비행기는 물론이고 달리아조차도 비로소 제자리를 찾게 될 터이다. 그런 세계 속에 있을 때에야 비로소, "술병을 들고 앉아 있는 늙은 남자의 얼굴이 술에 젖어져갈 때 / 그 옆에 앉아 상처 난 세상의 몸에서 나는 냄새를 맡으며 / 차가운 해가 뜨거운 발을 굴리는 것을 바라보는 것이다"(「차가운 해가 뜨거운 발을 굴릴 때」에서)와 같은 관조와 성찰이 가능해지는 것이겠다.

1980년대 후반, 진주에서 상경한 시인이었던 허수경은 1990년대에 다시 독일로 떠났다. 그의 탈향의 행로는 그렇게 이어져갔다. 거기에서 고고학을 공부하고 있으며, 수메르의 쐐기문자를 연구하고 있다는 풍문이 들려왔었다. 그가 독일에서 써 보낸 장편 『모래도시』, 그리고 『길모퉁이의 중국식당』이나 『모래도시를 찾아서』 같은 산문집에서 그런 사정을 조금씩 확인해볼 수 있었다. 이를 통해 우리는, 진주에서 서울을 거쳐, 독일과 바빌론으로 이어지는 그의 길은 아마도 서정시의 핵심을 향해 가는 길이 아니었을까 하고 생각해보는 것인데, 이것은 물론 나중에 가서야 확인될 성질의 것이므로 지금의 우리는 다만 그렇게 짐작할 뿐이다.

이라크 전쟁을 지켜보던 허수경이 2005년, 이제는 자신의 전공이 된 바빌론의 고대 문명에 대해 쓴 책 속에는 할머니의 이야기가 있다. 허수경이 어릴 적, 글을 몰랐던 외할머니와 함께 바다로 산책을 나간 적이 있다. 봄날의 투명한 바닷속에는 새 바다풀이 돋아나고 있었고, 그것을 들여다보던 할머니가 어린 허수경을 보며 이렇게 말했다. "니, 그 바다 때깔, 보나, 니가 글을 쓸 줄 알게 되몬 그 때깔 이바구 먼저 써다고." 놀랍지 않은가. 어린 손녀에게 당부하는 할머니의 입에서 나온 말이, 신산했을 당신의 삶에 관한 이야기 같은 것이 아니라 저 고운 봄 바다의 때깔에 관한 이야기라니! 이런 때의 사투리는 보통 이상의 힘을 발휘한다. 아름답다고밖에 달리 표현하기 어려운 매력적인 천진함의 세계를 보여준다. 허수경이 시인일 수 있었던 것은 이런 할머니의 손녀였기 때문이 아닐까. 그런 봄 바다라면 나도 상상해볼 수 있다. 잠자리도 잊고 나비도 잊은 채, 거미줄에 걸린 날벌레거나 그물에 걸린 새 모양으로, 그 고운 바다 때깔 속에 푹 젖어도 좋을 것이다. 뭐라도 한 수 읊조리거나 흥얼거릴 수 있다면, 아, 더욱 좋을 것이다.

허수경 1964년 경남 진주에서 태어났다. 1987년 『실천문학』을 통해 등단했다. 시집을 두 권 내고 고향과 서울을 떠나 남의 나라에서 엎드려 책 읽고 남의 시간을 발굴하는 일에 종사하면서 십수 년의 시간을 보냈다. 그 시간에도 시집과 산문집을 내곤 했다. 지금껏 펴낸 시집으로 『슬픔만한 거름이 어디 있으랴』 『혼자 가는 먼 집』 『내 영혼은 오래되었으나』 『청동의 시간 감자의 시간』 『빌어먹을, 차가운 심장』 『누구도 기억하지 않는 역에서』가 있고, 산문집으로 『나는 발굴지에 있었다』 『너 없이 걸었다』 『그대는 할말을 어디에 두고 왔는가』, 장편소설로 『모래도시』 『아틀란티스야, 잘 가』 『박하』 가 있다. 앞으로의 소망이 있다면 젊은 시인들과 젊은 노점상들과 젊은 노동자들에게 아부하는 사회에서 살아가는 것이다, 라는 말을 뒤로 한 채 2018년 10월 3일 독일 뮌스터에서 생을 마감했다.

문학동네시인선 002
빌어먹을, 차가운 심장

1판 1쇄 2011년 1월 20일
1판 19쇄 2024년 9월 2일

지은이 | 허수경
책임편집 | 김민정
편집 | 정세랑 성혜현 김고은
디자인 | 수류산방(樹流山房) 본문 디자인 | 유현아
저작권 | 박지영 형소진 최은진 오서영
마케팅 | 정민호 서지화 한민아 이민경 안남영 왕지경 정경주 김수인 김혜원 김하연 김예진
브랜딩 | 함유지 함근아 박민재 김희숙 이송이 박다솔 조다현 정승민 배진성
제작 | 강신은 김동욱 이순호
제작처 | 영신사

펴낸곳 | (주)문학동네
펴낸이 | 김소영
출판등록 | 1993년 10월 22일 제2003-000045호
주소 | 10881 경기도 파주시 회동길 210
전자우편 | editor@munhak.com
대표전화 | 031) 955-8888 팩스 | 031) 955-8855
문의전화 | 031) 955-2696(마케팅), 031) 955-2678(편집)
문학동네카페 | http://cafe.naver.com/mhdn
인스타그램 | @munhakdongne 트위터 | @munhakdongne
북클럽문학동네 | http://bookclubmunhak.com

ISBN 978-89-546-1380-4 03810

잘못된 책은 구입하신 서점에서 교환해드립니다.
기타 교환 문의: 031) 955-2661, 3580

www.munhak.com

문학동네